安徽师范大学教育基金会宝文基金资助出版

我把春天还给你

童星　著

安徽师范大学出版社

·芜湖·

责任编辑:汪鹏生　辛新新　　　　责任校对:潘　安
装帧设计:桑国磊　　　　　　　　责任印制:郭行洲

图书在版编目(CIP)数据

我把春天还给你 / 童星著.—芜湖:安徽师范大学出版社,2014.12(2024.6重印)
ISBN 978-7-5676-1701-8

Ⅰ.①我… Ⅱ.①童… Ⅲ.①散文集 – 中国 – 当代Ⅳ.①I267

中国版本图书馆CIP数据核字(2014)第277525号

我把春天还给你

童　星　著

出版发行:安徽师范大学出版社
　　　　芜湖市九华南路189号安徽师范大学花津校区　　邮政编码:241002
网　　　址:http://www.ahnupress.com/
发 行 部:0553-3883578 5910327 5910310(传真)　E-mail:asdcbsfxb@126.com
印　　　刷:阳谷毕升印务有限公司
版　　　次:2014年12月第1版
印　　　次:2024年6月第2次印刷
规　　　格:700×1000　1/16
印　　　张:18.375
字　　　数:200千
书　　　号:ISBN 978-7-5676-1701-8
定　　　价:75.00元

没有序言
（代序）

　　人生没有序言，因为是一场毫无准备无法预演的身体与心灵的跋涉。就像这一本书，这一些文字，突兀独立，却实实在在地存在了。

　　其实一个字一个字敲下来的，只不过是此情此景。我只是害怕，洪荒的岁月里，渐渐忘却是怎样长成自己的，忘却自己对自己内心的观照。我想拽住昨天的我的心灵脉络。这些文字，是我自己跟我自己的对话，我没有试图让你懂得和明白。有一种人，只是为了自己明白自己在干什么。在真善美的世界里，只要自己明白那一份坚持。

　　又或者，这种对话的背后，隐藏着我的某种希冀，我渴求的是穿越现实的一种抵达。

　　一直认为，文字如果不能承担一些社会的责任，或隐蔽，或明显，是羞于拿出来示人的。

　　多么惭愧，这从头至尾唯我的文字。

　　可是我想，文字的意义，在个体的生命里，有时是一种自我疗愈。有一些生命，在成长的过程中，会带上很深的伤痕，内心又深深明白，生命本就是苦多乐少，那么我们要选择一种方式，让所有的伤痕，云淡风轻，是以与文字相遇。

当然不能妄谈文学，那更是让我觉得羞赧，因为无法承载"文章合为时而著，歌诗合为事而作"。这所有的文字，仅仅是作为我的生命需要，也许最初和最终的意义，不过是一种释放、一种宣泄、一种调节，如果你会失望。

我仍然想告诉你，告诉这个世界，一种绽放在疼痛之上的夺目的花和一种蓝天白云下的经年的幸福，是如此的与此同时。

在构建这本书的路上，不能不说由衷的感谢。

安徽师范大学出版社的编辑是最重要的推动者，给我尽弃犹疑并获得真正的信心，虽然从不相识。

徐静和蒯蒯。

我的爱人。

你们的鼓励和懂得。

但愿人长久。

我把春天还给你

目 录

我把春天还给你

二〇一〇年

二〇一一年

我把春天还给你

二〇一二年

目录

二〇一三年

二〇一四年

目录

我把春天还给你

二〇〇九年

红尘默默

等我往前走

瑰丽的自由

从不曾离我远去

梦想在不远处

等我奔赴

微 雨　　2009.2.19

落花人独立，微雨燕双飞。指甲疯长，谁把剪来执？

我喜欢这样的日子，安静地看着书，背着一个个可爱的单词，看着一篇篇生疏的英语课文，内心快乐与踏实共存着。我知道，自己已经进入了状态，一直需要的状态。也许还有一些清浅，但我知道，会慢慢好起来的，慢慢地去更投入，直到自己满意。

一百多个日子的纷繁，我似乎从清醒走向懵懂。明明知道方向，却迈错了脚步。不过还好，一切还来得及，回到自己的轨道原来是这样宁静和充满希冀。

想的是你　　2009.2.20

晴的是天，我的思绪还是在昨日的某个瞬间，此时的感受，疼且慌。

有着花花的太阳，不太温情的样子，僵硬而又生冷地与我对峙着，让我情愿来场淋漓的雨。不奢望，反而内心紧致。室外的安静中有种喧哗，给我的岁月添加些许温暖，只是指尖却冰凉如玉。

小 雨　　2009.2.21

雨，一下子大了起来。

闭上眼，不去想明天。我分明已经有勇气，回看来时路，疼痛和辛酸，已一路挥洒，云已淡风已轻，只留一路坚韧。

我，才展笑靥，又添新愁。好想睡，只有自己知道有

我把春天还给你

多累。

雨声已零落，心呢？也零落。余音缭绕尚飘空。

未来还在继续，我想笑一笑，对着镜子，笑尽沧桑。幼时，常在哭时对着镜子笑，哭着笑，笑着哭，我的半生，不能勉强谁，只能委屈自己。我是谁的谁？明天吧，明天再想想明天的路。

直面人生　　2009.2.25

那时年轻，有那样一个人，跟我说，直面人生。我以为，那只是一种逃避，一种虚荣，一种托词。多少年过去，我才发现，彼时，我竟是那样清浅。人生千回百转，直面，在许多时候，是怎样的大勇气、大气魄以及万般无奈下的从容。

梦还在，爱还在，你还在。

不哭，不怨，不悔。

冷　着　　2009.2.26

冷着，清醒着。

雨不停地下着，宁静着，没有那么多的纷扰，幸福其实随地可拾吧？幸福的如果是心。

我不知道，还有怎样的人生是我无法承受之重，独自坚强。夜半悠悠醒来，枕边人会不会是个陌生人？抑或本就是？抑或枕边人会成为陌生人？

忙着，麻木着。可是，我是不能原谅自己的，如果只是忙着。我的心在哪里呢？我把它藏在哪里？怎样的阳光才能晒得晴？淋了这么久，我怎么有勇气再把它拿出来？那样的角落

里，我笑着落泪。晴了四周，湿了自我。

记得跟谁说过，江山有待，容我慢慢行来。未来在继续，我也是无息的吧？倔强的心怎么肯停？抬起头，一切落回心中。

成 长　　2009.2.27

我说是在成长中坚强，落微说是在坚强中成长。

连绵的雨，一点不让我烦，豆子说天爷爷真好，在我回家的时候把雨收起来。我说也是，过几天再晴，我会笑得更欢。天知人愿，我相信是的。在我不能晴的时候，它配合我的表情。在我晴灿的时候，它也会失色吧？

这两天，我是渴望一些慰藉和些许温暖的。可是，谁知道呢？我一直灿若夏花。不过没关系，我的角落里，我会用自己的心构造生命的温暖。

红尘有你。

从未相识　　2009.2.28

从未相识，关于那些小小的回忆。我说乍暖还寒时，已将息。竹林清风，我多少年的追逐和坚持，那么多的青葱，一下子恍然如梦，都成空，从未走过，那么些年。有些痛，更多释然。我真的从不曾辜负，奈何，太匆匆。年轻的心，在历历往事里，渐渐坚硬，渐渐放开。就当，从不相识。彼此不是谁的谁。

人生，是个美丽的过程，至少我的人生是的。虽凄怆，却丰富。也有荡气回肠，在许多温暖的瞬间。怎么能怨？岁月已

我把春天还给你

给了我那么多，我比很多人更能知，幸福和美满是什么。也许，跟着某个人，缓缓地走着一程，走着好梦一场，那也是，既奢侈又美好的。谁的爱，那样恒久到明天的明天？这么多年，我的心，是唯爱是从的吧？可是，有谁能负担得起，我那样重的行囊？

苦的是岁月，浓的是过往。

我没哭　　2009.3.2

没有了大喜大悲是多么无奈的人生，还好，我只是，无从悲伤；快乐，还在日日积淀。我已经不知道，自己到了岁月几重天，我多么希望知道，还有什么，是我害怕去面对的。可是，居然找不到了。谁希望在这么年轻的时候就坚硬无比呢？本是，柔软华丽的心，可已，百炼成钢。

有人跟我说永远，我说永远到底有多远？无端的，耽搁了别人的半生。我不能说不，因为，握住一些，总好过一场空白。更何况，曾经的目光下，也是，千娇百媚。

短短的文字间，我的境遇，恍若杜甫，潜气内转，肝胆俱伤。

空山新雨　　2009.3.5

十指相缠，手心挠两下，是怎样的爱恋？

风住雨停，谁的世界开始神清气爽？我不停地笑着，生怕一停，累了倦了。我像一个修补匠，小心翼翼地呵护着自己走过凄风苦雨的心，先掸去灰尘，再看看哪里是缺口，用从容和担当去修补，果然不留一点痕。只是，谁的爱情有个缺，怎么

二〇〇九年

5

去歇？一个人一遍又一遍地走着后面的水泥路，走过四季的颜色，原来一切都是轮回。花任其开，水任其流。人生只是一个自我实现的过程，慢慢地走，慢慢地知道结果。

坚　韧　　2009.3.28

坐在课堂上，看着窗外，雨潇潇，风脉脉。想着远远的明天，心略微宽慰了一些，我还有明天。也许只有这样想，才觉得生有可恋。我不知道，为什么有那么多的不堪在岁月里。

冷了一天　　2009.4.16

有些冷，有些空。突然忆起一首老歌，忘了歌名，却在刹那泪落如雨。

灰蒙蒙的天，燕子说我的人生是彩色的，我笑着应是，我是明媚的。发了一条短信，说抱歉，因永不能人情世故拿捏到恰如其分，也许不是不能，而是不愿。在是非面前，我是永不肯折中的吧？

我在想摆脱一些东西，一些让自己郁郁寡欢的元素，我知道这样不好，我知道岁月能给的只能那么少，所以，我要求自己，明净、纯善，一直。不计较。也快了，我听得见，自己的声音，它在说，梦在明天。

难得宁静　　2009.4.19

雨在下，我不知道多久没这样心神俱静，走过二月，趟过三月，进了四月，久久地残喘着。我以为，永不能再为自己掉眼泪，以为，只留瑟瑟。可是，我笑了，一如从前。车如流水马如龙，细细的雨帘，我在走，心在跳。我听得见，分分明明。

无惧亦无忧　　2009.4.20

有这样一个女子，散散的文字在伸手可及的许多地方，那些心情，在角角落落里或飞扬或落寞，任悲欢离合如棋子起落。

那样一个女子，不能说寂寞，因为分明，笑语轩昂弹指间，更怕，一启口，泪滂沱。生活的精彩在许多处，莫把空落当寂寥。

只是今天，当了真，也，痛了心。

也许，是累了，温言软语也是好的吧？

可是，对不起，回家了。

是的，家里人的微笑，是我的财宝。

因为懂得，所以慈悲？

岁月静好　　2009.4.27

闲闲地坐着，敲打着自己的岁月，有一些欣喜，在明明媚媚的阳光下蔓延，一如，我的脚步，轻快流利。人间风景无数，我成了岁月的抓手，微微地叹：多么静好。

窗外有山，青青翠翠，摇曳在暖暖的风里，别有生命的好。有些日子了，浮躁地走着，把心塞得重重的，不见喜色，好好地辜负了一路风光。只是花任其开，水任其流，为什么让别人的伤痕划伤自己的心？我在一刹那，有彻悟。

幸福地笑，已是多么高兴的事。而我，已很幸福。

感谢让我笑的人，因为有你，别样笑容才能那么真实地晴在我一度沧桑的脸上，才能灿在我经年落寞的心上，更感谢你，会许多年的不离不弃。我知道，还会有那么多的不容易，还会有许多生活的樊篱，我还会彷徨，还会失去希望。但是，我不会怕，就如走过这么多年的风风雨雨。只是在你的陪伴下，我会更坚定地走，即使眼含泪亦会脸带笑，因为，这是成长，更是成熟。

风落窗前，你在。

我想吃西瓜　　2009.4.28

不想去吃饭，尽管自己饿得很。原来吃饭除了满足需要之外还需要动力，我真是一个不好的人，省事但不省心。

其实有过最飞扬的日子，心在每一个瞬间舞动。不像现在，患得患失，那个时候，我是相信永恒的，我以为，只要不放手，幸福就在掌中央。殊不知，这世上所有的故事其实都是殊途同归，地老天荒只是我一个人的信仰。我一直固执地相信，一世深情，可是好像，又有了动摇。我多么希望自己不能承受失望，会悲伤地无以复加，可是，好像不了。我多么难受。

可是今天，我又有了轻盈的脚步。我脱掉高跟鞋，扔去婷婷袅袅，把一步一顿晾在旁边，换上久违的运动鞋，一边走一边蹦。我忘记了，自己已是长大的年龄，却还在，快乐地跳，放肆地笑，更未觉不妥。还想将头发再束起，可是，可恶的发型师，将我的头发打理得像西瓜太郎。不管啦！好歹也是创新。

这两夜，睡得沉，都在闹铃中醒来，我知道，我已经快好了。心的伤痕，舔得差不多了，多好啊！又可以，启程在美好的人世间。

那么久，我一度以为自己，已走到尽头，那么绝望地走，倔强而疼痛，可是，都过去了，春天的阳光，那么暖。曾经汩汩流血的心，正缓缓愈合，结痂。

新生，是多么美好。而我，正在。

我不怕风雨，尽管，随时会来，我已经有勇气，已经能够静静地等，笑着。

感谢伤害，感谢爱。

我想吃西瓜，现在，无籽的，半个，用勺舀的。

希 冀 2009.5.2

一辈子有多长我不知道，但是没有生活的底蕴，怎么可以走到唇摇齿落？我害怕华丽的感情，如飞舞的花和叶，纵然美丽，却无处繁衍，香魂立陨；也如绚烂在空中的烟花，为一刻的绽放倾尽一生的力量，却无力回眸。

然而，我想，我是愿意，为我，为我们的相逢，为我们的明天，近一点，再近一点，努力去积淀多一点的内容，不至于，在不多的对视里，空茫而不堪。

回望成空 2009.5.12

莫名的伤，莫名的泪。我知道，每一滴泪，都有它的因，而每一份伤，也有它的根。没有的，绝不会拥有，逝去的，绝不会再回头。我其实想，安安静静地离开，活着或者死去，而我只能笑着说，都很好，都很好。一地的泪，谁知？谁忆？谁怜？

谁说为赋新词强说愁？已是天凉好个秋。

不想，还要睡，还要笑，还要走。

庆　幸　　2009.5.14

张爱说，出名要趁早，否则想快乐也不那么容易了。我觉得是，那么心疼着张爱，是因为她的文字，恰恰也描白了我多少年来凉薄的生活。

多么庆幸，我还能做个恣意的小人物，活在当下。多好啊，我还能言别人所不能言不敢言，只因为自己真的无所求，只留一颗剔透也温热的心。做个从容的小人物，干净伶俐的那种，不三姑六婆，不蜚短流长，清清静静热气腾腾地走着，多好。做个简单的小人物，不会为白米五斗，使我不得开心颜，多好。不管别人揣测的目光，不理身后太多的聒噪，我其实，简单明了。不必看着你的脸色说好好好，我是我自己的，为什么要无端随着你的喜好折了我的心性？我是死也不愿意的。除非，你让我心甘情愿，那么，你已主我感情沉浮、人生起落，在你的目光下，我愿意，低若尘埃。野百合也有春天，我有我的天。

但愿岁月成全，一世清宁，我会在我的世界里，翩若惊鸿。

无　题　　2009.5.16

树欲静而风不止，愈显山雨欲来风满楼的恐慌。

我以为一切都过去了，不会再回来。我以为静静地过慢慢地走，会埋葬一切过往。

而我也明白，梦魇历历，我一生的劫。

举案齐眉　　2009.5.18

锁住你，锁住笔，锁住爱和忧伤。从此，我只是那个尘间女子。谁会知晓，我的脸上，曾为你有过怎样的飞扬？只是，纵使是举案齐眉，到底意难平。举案齐眉的你，意难平的我；还是，举案齐眉的我，意难平的你？

我以为，已是一生一世，难料过眼云烟。

到底年轻，到底清浅。

我初恋时沧海一粟，我结婚前沧海桑田，我洞房花烛时，执子之手，与子偕老，我结婚后海枯石烂？

高　兴　　2009.5.19

晨间，水泥路上散步，偶遇一婆婆，慈眉善目，我索性来了兴致与她攀谈，她在摘豌豆。说黄的摘回去来年留种，绿的回去煮着吃。我于是蹲下帮她摘。

我这才知道，原来蚕豆头年八月就点豆，豌豆头年九十月就点豆，来年才有的吃。

我高兴得要命，一下子学会了这么重要的东西，二十年后我不会寂寞了。我会跟着村里的婆婆们把没学的都学会，把没做过的都做做。养鸡，种菜，侍弄瓜果，再读点书，写点字，不愁没事做啊！哈哈，想着就美！

要不起的，我都不要了。

有凤来仪　　2009.5.21

二八年华时便常读梁凤仪的财经小说，极喜欢那些大器晚成的女子，其实也不是，应该是置之死地而后生的女子，那么美丽地独立在刀光剑影中。

十年过去，我再回过头来，看她的小说。一段话，呛出了我的泪：当今社会，一个女子，如果愿意跟另一个女子共事一夫，还不贪图任何物质要求，那这个女子，必是稀有动物。

其实高处不胜寒。

人间正道是沧桑　　2009.5.24

今天很烦，很烦。

我不知道，我将以怎样的姿态，独立在这样的环境里，才不那么孤独和无助。

我想逃。

我只是想过自己的日子。

我不要被伤害，因我从不肯伤害，别人的世界。

我不具备很多优秀女性所具备的品质，不善理家，不善理财，不善处理各种关系，固执倔强任性，可是我，真实。也许，这是原罪。我不能被理解，自然也不能被接受。

不长袖善舞的女子，待在家里相夫教子，也是好的，可是，我偏偏两样都不能来。还，平白地远离琐屑，无怪被骂。

我是愿意，独自开放，静静芬芳，无人关注，也不要，被流言所伤。

这三天，数度落泪。我知道，我过不了这一关。写不下去了，已经泪落如雨。

我把春天还给你

感谢徐静 　　2009.5.25

　　谢谢你，因为有你，我今天才有勇气抬头尽吞人间苦事，笑着往前走。

　　这么多年，你在我的生命里，与我，不离不弃，在我遭遇那么多岁月寒流的时候，一直陪伴在我的左右。

　　十年友情，我不能用辞藻去堆砌我对你的感谢，但是，真的谢谢你。

　　十年，你是唯一一个见证我的艰辛人生的朋友，唯一一个一直陪我哭着笑着的朋友，唯一一个知道，我这二十多年，是多么孤单落寞地走着的朋友，也是唯一一个真真正正用心理解我的真心的朋友，而这份理解，对我的生命，是多么的重要。

　　你一直，心疼着我，怕我忧伤怕我哭，你说，我是聪明的，你说，我是优秀的，你说，一切会好起来的。我的彷徨，我的无助，我的孤苦，我的无依，在你的目光下，在你的鼓励中，渐渐坚定，坚强，乐观，豁达。

　　这个下午，风大雨急。而我，想着你，想着这一路风风雨雨，多么感激，因为有你。我的泪，滑落在键盘上，噼啪作响。

　　仓促的岁月里，谁肯为我做无私的停留？唯有你。你那么固执地陪着我，呵护我的世界的安宁，多么感激你。

　　我不知道，我的一辈子还会有多远，我还会坚持到多久，但是，活着的每一天，我都会好好呵护自己的心，不让它纤尘微染，因为，我不要让你失望。我努力坚持到，老去时，你围着锅台转悠，给我煮五香蚕豆，炒青椒土豆，再一起，养鸡养鸭，日日细数我们多年青葱。我们一起，骄傲地，将世俗抛却，可好？

二〇〇九年

13

短短的空　　2009.5.31

还是要，好好的。

可是，我还是没有办法，让自己沉到生活的琐屑里来，认认真真地把日子过成段子。我是个笨女子，我学不会，去附和他人。我希望，自己的心，可以低一点，再低一点，那么，我也可以和其他人一样，在家长里短里找到生活的乐趣，也会，把自己的目光放在他人的身上，挑出一些茫然的快意。

可是，我那么笨。

我只会，傻傻地说，这样啊？傻傻地相信着，傻傻地不肯将就。于是挣扎了，于是一直希望着，一直失望着，一直继续着。

岁月，到底磨不掉我对自己的要求，我顽固如石。我坚持，善和美。

只是，物欲横流的今天，到底是少了些厚重的积淀。

凌　晨　　2009.6.4

昨天打点滴的时候，有一初中老友打来电话，一个劲地问我，这段时间，是不是心情不好。我笑着说没啊，还好啊！又问他这么长时间没联系，怎么一上来就这么问我。朋友说，辗转看了我的空间日志，从头至尾，你那文字，我看着又不是都懂，似乎很多华丽的词。觉得就俩字，忧伤。又一直问我，是不是遇到事了，我说还好。朋友在电话那端说，你这么多年都这样，有事总说没事……

挂了电话，心里有些堵，觉得心头有一个软软的地方开始渗水，有一丝感动在心头蔓延。也许病的时候，更脆弱，也更需要有一个人，把自己放在心上。但是，我又比任何人更明白，成年人的世界，应该冷暖自知，每个人的世界都是纷繁的，当你是风景的时候，也许会有驻足的目光停留，但那不会很久，我们不能把一秒错当成永恒，把承诺理解为一生一世。那么，当爱消逝的时候，我们该有多么的失望。这一夜，就这样无法入眠，瞪着眼睛等天明。窗外是橙色的灯，室内是他们父女俩均匀的呼吸，其实也安宁。我不敢在床上过多辗转，于是悄悄地起了床，换了房，一个人想。这么多年近了远了的人，这么多年实现了或不可能实现的梦想，心有些酸。这么些年的挣扎，怎么可以用隐忍两个字概括？

半生只是路过　　2009.7.13

七月骄阳，谁在自己的世界里迷失了方向？

半生冷落，路过一些人，我们不能错以为是永恒。

在许多瞬间里，心在飞扬，在牵念，在疼痛，在温暖，在丰盈，在希冀，也在挣扎。

爱是没有错的，怕的只是爱得太清浅，承载不起岁月的久远，来得太早，我们觉得最好的尚不在身边，来得太迟，我们更无力担负太多的责任，需要我们并肩扛。谁会肯放下红尘去赴一场未知的约会？

只能是路过，只能是风景，只能……

偶　遇　　2009.7.17

在同福源吃早点，意外碰到故人。我突然羞赧，因为自己居然穿了件吊带。多么不雅，在这个时候，碰到旧人。多年的疏离，我已经不会怎么去熟络，匆匆离去。

回到家，我一个人开始翻起从前，关于我们的记忆，原来很是丰盈。只是流年，今日已覆去他年，丧失了曾经的温度。

朋友歌唱得极好，想起曾送我的一盘磁带，全是自己的原唱，然后录音，制作好送给我，想必也是花了些心血的。我急急地跑到书房，找出那盘带子，拿出录音机，音乐流淌，旋转，竟有些沧桑在空间里流动，微微哽住。

今夜无法结局，因为，曲尚在缭绕。

此爱天下无双　　2009.7.24

离开小城，是女子多年的坚持。

从二九年华的青涩到现在，九年岁月，如烟如梦。

已经忆不起，当年蓝衣白裙的风华，怎样清新地绽放在燥热的夏夜里，只知彼时，青春正浓，而心已孱弱。年轻的女子，辗转过社会，世界很精彩，与她也并不无奈。但，灯红酒绿入不了她的眼，浮光色彩浸不了她的心。离开，又为哪般？

可是，一个声音在耳边九年从来不曾远去：走吧，走吧。那个声音，异常坚定：快离开，快离开，来不及了。

是的，太匆匆，怕是来不及了。小城生活，真的倦了女子的心。于是，女子倔强地不肯落俗，倔强地一路提着汗水往前奔，小城故事多，倔强的女子，不肯为难任何人。只能，暗地妖娆。

女子的笑容，在小城的许多角落挥洒，明亮粲然，似乎也缓缓地晴了某个人的天空。只是，仍然寂寞。

九年是怎样的琐屑，又是怎样的画地为牢？磨平了生活，磨不了心性。

终于可以离开。

一路汗水，一路回望。一场剧终时，原来还有温暖的怀抱。女子的脚步，不再那么匆匆。因为，那么眷恋有爱的夜空，也许不恒久，而在此刻，分明天下无双。

曾经沧海　　2009.8.9

许多日子了，我已经舍不得花那么多的时间，整理自己的文字，整理自己的心绪。我怕来不及，来不及去做更多重要的事，我一路往前赶着，赶着，直到自己，哭了。

这个周末，一直闷着。于是，哭了。睡着，醒着，梦着，这是个多么痛苦的过程。一直大的风，而我，一直外渗的汗。车如流水马如龙，而我一直空茫寻觅的眼，透过纱窗，看到模糊了的世界。我在等什么？这样挣扎？

我从来相信自己，从来鼓励自己，从来坚持自己，从来不肯过分责备自己，因为只有自己知道，苦过那么多，至少自己要学会爱自己。可是这一次，我已经无数次骂自己，为什么我那么笨，我不是个演员，我为什么要这样倾情出演人生？居然还会痛得扛不住。我不停地告诉自己，要收拾好泪水，收拾好自己的心。要坚强，至少，貌似。

我知道会好，因为灰尘积得多了就不会再看见本色了。我知道，我会笑，在收笔的那一刻。没有人会看见，这一刻，于我是怎样的伤。曾经有那样一个人，他真的爱我，一直用我需要的方式呵护我世界的所有。可是，他走了，永不会再回来。然而，我相信，另一片天空下，他在看着我。我才一直，那么豁达，那么坚定，那么骄傲。因为，我不要让他失望，所以，我一直努力。

我已经相信，成长，是伴随着疼痛的。内心，去感谢一切伤害。

醒的心　　2009.8.9

今天还没有结束，今天我的心情还没有结束。

不过我已经知道，应该怎么样，才是对自己最好的保护。

我会努力去做，即使，那么疼。

是我自己中了蛊，才会去相信。我说，半生冷落啊。我说，我没有丝丝暖意。我说，没有梦了。醒了，碎了。

可是，对着镜子，明媚地笑一笑。我的眼，还是爱恨分明，这是好的。多怕染了社会的通病，敢爱不敢恨。

我差一点，就势跌坐在现实的山坡，差一点，葬送我明亮的心，差一点，将自己托付给一片虚无，差一点，在一片镜花水月里，丢了自己的方向。还好。

路，还在我的脚下，梦，还在远方。

窗外，雨好大　　2009.8.10

喜欢雨，大的，滂沱的。我相信，这样的雨，必能洗净一些久积的阴。所以，我看着，听着，等着，欢心地甚至点点雀跃。

我该笑了。

就算不忍回看来时路的不堪，我也能想得出，雨后的澄明。

不要耽搁，久违的声音。它在说：好好的。我这就好好的，不浪费一刻钟，把失望和绝望扔掉，一切从头再来！

午夜梦回时　　2009.8.12

睡不着，愈躺愈清醒。

就算春闺梦尽，我仍是，思念满枝丫。

满是岁月的痕，我仍在舞。生无息，我无息。

周末心绞痛　　2009.8.15

我得了一种病，周末心绞痛。这两个月来，一直如此。每每周末，心都痛到汗珠日夜往外渗，可是，我绝不会吭声。因为我知道，会好。会好，那么就由着它吧，反正，暂时不会因此送命。而且，这样的病，没有良药。只有自己，慢慢给自己注入清凉剂，慢慢干了汗，才会好些。

疼的方式有千万种，我是不愿这样疼的，这样太损我心神。所以渐渐，我在好好的时候，也开始，为自己慢慢熬制，抗这种病的抗体。直到某个周末，症状减缓，再消失，我就会好了。

那么，爱消逝，而我已成长。

我是你的"妾"　　2009.8.15

我对你的朋友说，我才不是他的妻，是"妾"。你笑，一如一直，憨且宠。

是的，我是你的"妾"。所以，你那样宠爱我。

也许，从一开始，在我们的岁月里，我用"妾"的标准，为自己定位的。你之前，我那样独立，那样懂事，那样不让人操心。可是，你之后，我娇嗔，任性，懒且烦。我总是嚷嚷：

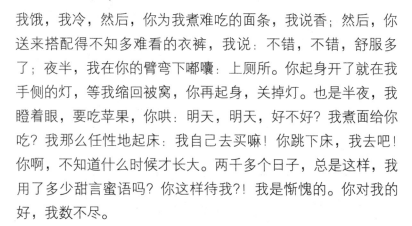

我饿，我冷，然后，你为我煮难吃的面条，我说香；然后，你送来搭配得不知多难看的衣裤，我说：不错，不错，舒服多了；夜半，我在你的臂弯下嘟囔：上厕所。你起身开了就在我手侧的灯，等我缩回被窝，你再起身，关掉灯。也是半夜，我瞪着眼，要吃苹果，你哄：明天，明天，好不好？我煮面给你吃？我那么任性地起床：我自己去买嘛！你跳下床，我去吧！你啊，不知道什么时候才长大。两千多个日子，总是这样，我用了多少甜言蜜语吗？你这样待我?！我是惭愧的。你对我的好，我数不尽。

是的，我也在经营，经营你我的婚姻。晚归的时候，一册书在手，我一直等，辨着脚步声雀跃地在你在门外掏钥匙时帮你开了门，然后倦倦地钻入你的怀，或者，我一度为你留一盏温暖的灯，让你上楼的脚步，更加匆匆。我不是需要，我只是，让我们的生活，多一些温暖，多一些温情，只是想为我们的生活，多注入些元素，我想这样，我们才能不至厌倦，才会长长久久。

可是，我更是你的"妾"。无须太多智慧，无须表达，无须言语，我只要在你的天地里，就好了。只要，每日归来，我在你的视线中，就好了。

而我，不乖。为此，我宁肯舍了你的万千宠爱。

醉笑陪君三万场不诉离觞　　2009.8.16

醉笑陪君三万场不诉离觞。

陈平滚滚红尘里相似的字句，隔了这么多年，突然在某个刹那，在心底某个角落以迅雷不及掩耳之势蹦出来，以一种独特的方式，劝我通达，对你，对情。

许多年，我固执地守着自己心中的城堡，任何人不得入内。一直以自己的方式，让生命中所有人，只看到我的笑，触摸不到我的泪。

蓝天白云下，我是恒久的，灿若春花，我不让任何人，看见我的心灵脉络，因为它是那么的不堪，尝尽岁月苦事。

亲情，友情，爱情，我一度渴望，生命中，有这些就够了，多么温暖。直至，我的生命，被亲情遗弃，为友情沉痛，遭爱情深伤。可是，我又是那么倔强的女子，我相信，一切会过去。岁月给你伤痕，那是让你成长。我要懂得，然后长大。所以，我还一直，那么热爱生活。我从不怀疑，上帝是公平的。我笑着，去面对一切，辛苦也心安。

这么多年，我不能用语言和文字描白内心的凉薄，但我一直用自己的形式在抗拒，抗拒悲伤。我笑着，去温暖，去熨帖身边许多也无措的灵魂。我用自己的脚步，去鼓励大家，人生再冷落，我们也不能放弃，而要坚定。

可是，我又在纷扰中挣扎着。有些事情，我永远不能通透，宁为玉碎不为瓦全也是需要勇气的啊。这样的我，本就更容易受伤。我不相信，是不是所有的情事，到最后，都是殊途同归。总是坚持，总是痛。

还好有陈平，还好有醉笑陪君三万场不诉离殇，还好我在不停的脚步中仍能顿悟。

不让我哭，不让你累。

不要说天真 2009.8.18

不要说天真，不是的。

是我，穿过这么些流年，才知道，我的心，原来可以稳稳当当落在一个地方。是我，在这么多年心灵的流浪之后，才发现，我的爱情一直有个缺，所以我一直不肯歇。

不要说天真，不要。我已经明白，这个世界上，牵的手走的路，不止我一个人相信地老天荒。这对我来说，是多么的重要。在许多年的青葱岁月里，从寂寞花开到情事正浓，我都不敢期待永恒，那是一种多么奢侈的人生。而现在，我已经信了，那是你的脚步。所以，谢谢你。天很热，而我的心，找到了方向。

不要说天真，不要说。前进的路上，我们一直摸索前行。我说，会有那样一个人，会入你的梦，会入我的魂。祝福你，祝福我。

累　啊 2009.8.19

好累哦，好累哦，好累哦，其实不是累啊，分明是沮丧嘛！真希望自己有聪明的大脑，就不用这么辛苦了。就可以跟别人一样大声说：我其实是没怎么看书的，不知道怎么就考过了。可是我，可是我啊！我笨嘛！总是要很努力很努力才可以过一个及格的档次。我笨哦！我还像一个老婆婆似的，总是坐一会儿就这儿痛那儿痛。我真想大哭啊！背后那根骨头，又痛了，又痛了。出去转转吧！温柔的夜啊，总是会让我有些安慰吧？想想妈妈，想想爸爸。看看小城的天空，远远在心里默念。给我力量啊，爸爸妈妈，鼓励我，支持我吧！我好累哦！

想你的时候 2009.8.23

想你的时候，我就翻翻旧物，翻翻我们的记忆，不多，可

我把春天还给你

是似乎也荡气回肠。

想你的时候，一切都在，漂亮的小挂件，精致的装饰品，有风格的艺术品，傻傻也甜蜜的照片，还有我们一起选来的衣服，都在。

想你的时候，我只要，在这一百多平方米的地方，转上一圈，你就一下子鲜活在我的眼前。

想你的时候，梦里，你出现了。我知道，我想你了。可是，我只能，在远了之后，回首而不回头。岁月的精彩有许多处，我把祝福托付给清风明月，带给你，带给我一生最重要的过往，我只要你，平安，健康。

想你的时候，有泪有笑，你深深地，暖了我彼时的冷落。

想你的时候，我希望，你也关注到我的脚步，仍然不懈从容。

想你的时候，看看背后的长天，分明温暖着整个夜空，我看见，我的未来，挥情在天涯。

想你的时候，我不停地在努力，希望你能看见，我的进步。

风雨彩虹　　　2009.8.27

"我还有多少爱，我还有多少泪。要苍天知道，我不认输。"多少分秒的等，我终于可以，笑着对自己说相见无期。

拨开黑暗，天亮了起来，我的心，也终于在久久地残喘之后，释然。不要对生活说绝望，太多的明天。我会有许多明天，美丽而又温暖的明天，会有的。失望只是因为，遇错了，并不是不会有。

仰望天空，我浅浅地笑，也许在这个时候，我没有力气粲

23

然，但我相信，走过这一刻的悲凉，还有值得期待的日子在明天。不管今天生活是多么地让我沮丧，我也不能丧失对未来的坚持。

在这个世界上，总会有一个人，肯用一世的温暖，熨帖一颗冷怆的心。

看透却不凉薄　　2009.8.27

你的骨气，你的温暖，你的坚持却不冷硬；你的伤痕，你的梦想，你的悲伤却不绝望；你的聪灵，你的寂寞，你的看透却不凉薄。

——题记

从来没有谁，能够如阿月这样，入木三分地描白我的内心我的情感。看一次，哭一次。为这一份懂得，为这一份恒久。

我已经，不肯回望经年艰辛。我的笑，似乎已经坚强。人世苍茫，谁会陪你同哭？永远只会有人在你春风得意时锦上添花。而我，而我，却固执地守候，等待永恒。我嘲笑自己，百炼成钢，百忍成金，是这样吗？百炼成钢其实绕指柔，百忍成金怎堪岁月寒？

看看echo（作家三毛），再看看席慕蓉，我那么理解为什么echo最后选择一根丝袜结束自己看似豁达随性飞扬的一生，有些阴影，会陪伴你一辈子，你再怎么坚强，也无法洒去内心的忧郁和对人世的失望。你的脚步，或许让别人觉得坚实无比，你的笑容让大家感染着，甚至，你自己也觉得，都过去了，你正缓缓暖起来。其实呢？也许真的在。

所以，才会这样，骨气，温暖，坚持，梦想，看透而不凉薄。

24

相信远方　　2009.8.27

想找个人说会话，翻遍电话簿，再关上，心凉了半截。

前天，昨天，今天，明天。

前天，我看到有人放孔明灯许愿，我就想，我要等到明晚，再来放一盏，许一个美美的愿，看着它飞上天，然后，慢慢等它实现。我就笑嘻嘻地回家了。

昨天，我申请了节日专项资金，去街上过七夕，收到一个漂亮的发带，只是贵得毫无道理，我送给对方一把谭木匠的牛角梳。然后我们相视傻笑，彼此安慰，互相爱。别说我们矫情，我们都曾是在感情的路上磕磕碰碰的孩子，所以，我们彼此在孤单的时候相互陪伴。等不到想要的温暖，我们自己钻石取暖，嘿嘿！可是，我哭了一个晚上。

今天，我还是不要睡，我要醒着，看自己怎样，用一日的分分秒秒，在自己画的牢里，慢慢变老。

明天，我就破茧成蝶了。

天涯美丽，自由瑰丽。相信远方，相信爱。

从此伴您　　2009.9.6

仰望西天的时候，我看不见您的脸，但是，我觉得您那么近，近得似乎就在我身边，似乎正在用您的手，摩挲我的脸，唤着只有家人才会唤我的小名：燕子。雾气，就在那一刹那，慢慢升腾在眼中。

陌生的您。

这一辈子，太急。在您的生命里，我惭愧，什么都没赶得上。可是，我多希望，我有机会，坐在您跟前，跟您絮叨家

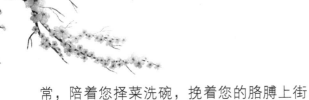

常，陪着您择菜洗碗，挽着您的胳膊上街，给您选好看的衣物，一起准备年夜饭，再一起，去嗔怪您那个倔强的老二，一起罚他，帮我们干活。而我们一起，烤火，看电视，欢笑。

遥远的您。

我想，您一定已经在那遥远的地方，看了我很久很久。我相信，您一定是微笑着，看我任性地做着许多事，疼爱地看我落过许多泪。我想，只有您知道，我的任性和脆弱是为哪般，所以您一定会，那么怜惜，那么疼爱我。而我，会受用且感激您的了解和理解。

永远的您。

您似乎陌生，似乎遥远。但您，仍鲜活在我的心里。我会经常，在安静的时候，或在寂静的夜里，跟您说话，因为我相信，在这个世界上，我有一份心，只有您懂。那么，我只说给您听，好吗？我知道，您不会忍心责怪我，还有我对您，从此牵念的心。

半生来世。

重飞来时路　　2009.9.6

短枝兔耳花，三朵西洋红玫瑰，三朵香水百合，三朵红玫瑰，三朵芙蓉花，三朵西洋白玫瑰。

原来，干花也会萎去。而且，难看成这样。我仿佛明白，以为不逝的，其实未必。

有些怅然，有些释然。

重飞来时路。

啃苹果的女子   2009.9.8

咬了一口苹果：脆、甜、微酸，我的眼泪，扑楞下来。

我以为，我能戒得了，戒得了我一直钟爱的苹果，就像戒去一切过往。可是，不眠的夜，仍然太长。

成千个日子，我是一位啃着一个一个苹果，过着酸酸甜甜的日子，分不清上市下市季节的懵懂女子，在苹果陪伴的四季里，恣意嬉笑嗔怒。曾经念叨，苹果多么好，每天的坚持让我告别了从幼时就常相伴的感冒。可是，我又是个好了伤疤忘了痛的女子，我全然忘记了感冒给我带来的多年的不便，我丢掉了每日两个苹果的习惯，于是，我又感冒了。眼泪鼻涕不断的两天，所有关于苹果的日子齐齐回到我瞪着眼睛的夜里，好想回到一个阶段，辛苦却没有忧虑的阶段。

手有薄茧，心茧已覆灰。

我已经，是很大的人，不可以抱着昨天过今天，所以，我要学会，自己去选那一个个大大的、红红的、甜甜的、脆脆的、微酸的苹果。即使，坐在地板上，看着一个个苹果，仍然会怔怔地落泪。

想起在许多年前的某个夏夜，我穿着睡衣，拎一袋苹果，散着头发在空落的街上往回走，惊遇故人，一言不发，手中物滚落一地，再一个个捡起，泪簌簌往下落，再怎么也不能让别人看见自己这样的不堪！

只是踏过流年，那些又寂寞又美好的日子，是我，一直追逐着你的放逐。但是，散发在果香里的岁月，我会重新拾起。纵然心房蔓藤纠结，我也不会让梦溜走。我要努力，让我的生活，痛了之后，酸酸甜甜。

飘香流年　　2009.9.11

浅水低吟，深渊哑然。

年少时，就担心自己的中年，常常怕自己会成为一个什么样的妇人：穿着拖鞋穿着睡衣在街上扬着胳膊大声说话？胖得肋骨上的肉都松弛地发抖？还是在菜市场唾沫横飞，十指乱飞乱扬？要不就是在家里会颐指气使，不厌其烦地做着复读机妈妈或者是复读机黄脸婆？

小小的心思一直伴随着我的成年及成长，我一直认真地收集着一个女子一个妻子一个妈妈最不受欢迎的种种，并不时提醒警告自己滤掉这些生活中明显的瑕疵，告诉自己不要因为那些连自己都无法容忍的病伤害自己的生活。我是那样温柔并且有耐心地坚持着，坚持不落俗套，不料还是落俗。

当我终于在自己的生活里一点一滴地努力的时候，有些力不从心的累，到底年轻，沉不住自己；当我终于可以审视自己经年漂泊的心的时候，我发现，其实自己，只有自己；当我终于决定不管不顾的时候，我看到，别人的犹犹豫豫。

我知道，我还是不会放弃远方。但我常常会问自己，当一个女子，在红颜渐逝的时候，还能拿什么和岁月抗衡，我想，是从容的步，优雅的心。我只有在年轻的时候，在逃去如飞的青葱里，为自己积淀厚重一些的底蕴，才能不恐慌，才能自如。

岁月，是一副牌，我是抓手。我向来没有好的运气，去抓一副起手就漂亮的好牌，我唯有，好好爱手中物，不管它是否奇滥无比，只要爱它，就会死地后生，让对手大跌眼镜，而自己收获意外之喜。也只有自己明白，一路走来，是怎样无痕的付出与经营，如渊。

一场秋雨一场凉　　2009.9.21

生活，似乎正处于无边落木萧萧下的境地，所幸，精神和意志却是不尽长江滚滚来。

这几日，道不明的平和，我知道内心无法言诉。我把自己，深埋，深埋。

一场秋雨一场凉。

我讨厌，那样的言语：不要想那么多，简单一点。没有走过那一遭的人，永远无法背负生活的劫难。只能站在边缘，像哼曲儿一样：不要想那么多。谁不愿自己的人生玲珑剔透呢？有些承载，不是那么轻描淡写的。

有潇潇的雨，凉凉的，清凉愉悦。一个人走，一个人欢欣。

想去看望一位久别的老友，忆起我们无数次的促膝，无数次在我的聒噪中，对方含笑纵容的眼，写到这里，鼻子发酸，是我自己，中了蛊。

抬起头，有咸咸的东西倒流进肚中。我让自己笑笑，让自己的笑容，温暖自己夜晚的心灵。

这一阵子，心里脉络，清清爽爽，也许是经历过一些，失望了，所以放弃了。但是我知道，有些本真还在，我自己的方向还在，这就好。

给自己加油，做自己。要不起的，不要！不懂自己的，不要！要失去自我的，不要！

未来的路好长，相信一句话：只差一个人，我的人生就圆满了。

二〇〇九年

遭遇假想敌　　2009.9.24

遭遇假想敌，我的微笑本如花，谁料假想敌的笑容也漾在柔长的秋风里，直逼我清亮的眼，我顿时像泄了气的皮球，瘪了下去。我扬一扬头，哧溜一下溜进熙攘人流，虚弱得像根过了季的芦苇。

然后，大街上，我把假想敌扔在身后，气血上涌到有些旁若无人，跟一路正在行驶的若干交通工具近距离打了照面，跟警察叔叔的车亲密接触了一下，警察叔叔疑惑地看着我，因我一贯遵纪守法吧！我不客气地翻了白眼，朝他。大不了下次见面，我礼貌地先跟他挥手问好。

再后来，我颓然跌坐在地板上，无措地胡思乱想。我的假想敌，还在对我笑，我就像只斗败了的孔雀，那万一我的假想敌，开始用他的三十六计，我岂不是千疮百孔地死于非命？想想我的肉都痛。我虽然不够有思想，不够深刻，不够有个性，不够有前途，但我至少年轻，怎么能有这样的下场呢？

想想对策吧！用我一贯愚钝的头脑，坚决打倒我的假想敌。那就是，不管我的假想敌如何独冠武林，我都不防不攻。杏花春雨，是我秋冬的颜色。

雨败荷叶　　2009.9.28

雨败荷叶。

其实，是季节败了田田荷叶。微雨的秋，我一路沉默。我一直以为，雨落荷叶，别样美丽。只是今天，满眼灰绿，觉得异样憔悴。

纷繁的几日，我已经心生微倦。把自己锁了太久，我以为绽开会舒展一些。可是，这么快就倦。书斋生活，虽是寂寥，但丰润。寂寥的是形式，丰润的是心灵。我习惯，寂寥，丰润。

我相信，恒久绽放。

哪里的世界没有雨　　2009.10.1

这里，现代却也古朴。现代的是步伐，古朴的是民风。这里，宁静却也喧嚣。宁静的是周围，喧嚣的是我的内心。

我不知道，这是哪里。我喜欢这样的盲目，盲目地在一个地方，盲目地在雨中安宁自己。我喜欢，这样躲进小楼的感觉，全然忘记有过的或将会有的撕心裂肺。

最好的，我还可以，在我小小的空间里，敲打我的无措和无眠。来时路，我走得，没有心甘情愿。我不知道，在怎样的纠结之后，我还是要回头，而回头路，我该怎么走，怎么走？

会回到熟悉的街，会见到熟悉的人，会听见熟悉的声音，会面对最不愿面对的结局。

你的天空风和日丽，而我的世界沥沥淅淅。我们的天空，如此不同。

童话公主　　2009.10.4

今天，我像一个童话公主。

我终于，坐在旋转木马上，恣意地笑。在旋转的世界里，我的梦温柔地在眼前，伸手可触。我的衣袂轻飘，发丝微扬，我的快乐随地可拾。

坐在台阶上，吹着泡泡，看着一串串五彩的泡泡飞出去，我的心跟着飞上了天，也快乐。

一根糖葫芦，酸酸甜甜。

原来，于我，清浅，已是快乐。

月光如水水如天　　2009.10.5

坐在窗台上，静静地仰望，月亮穿行在大朵大朵的云中，从容，骄傲。她的周围，是浓浓的橙韵，托着她，像极了冰心笔下被放大了的小橘灯。

咦，月亮在动！我自顾自地嘀咕着。

傻，动的是云！身后传来声音，吓得我差点从窗台上优雅地摔到大街上。

记忆，一下子往回翻了十年。

二八年华，青春正浓时，校园里的五朵金花，挤在寝室的阳台上看月。是周末，我们大着胆子，第一次偷着买来啤酒，哪里是喝酒哦，学着书上古人的样子，念着古人的诗词：人生几何？把酒言欢！……闹闹腾腾中，那个傻傻的小五妹呵，爬上窗台要牵月，可是"哎哟"一声，掉下地来，原来是被窗台上的钩子，勾到了小屁股，哈哈哈！

温暖又美丽的日子。

十年如驹。当年的小五妹，仍然对生活，充满诗意的憧憬，不肯流入生存的琐屑中，在似锦繁华里，静静芬芳，独自妖娆，也热气腾腾。即使十年沧桑，还能在这样的满月里，有心沉浸，翘首仰望，也是一种坚持吧！

生活如刺，扎得人始终不能安然。但抓住许多美好的瞬间，已经足以让我们有勇气，面对现世纷繁。

把意境和生活集合在一起，就是完美的人生了。

32

我相信，自己会一直这样坚持。用梦想，鼓励自己的生活，用梦想，装扮自己的未来。一直美好，一直。

温柔的日子　　2009.10.5

今晚的月亮，早早地就出来了，悬挂在半空中，昏黄昏黄的，没有轮廓。不似前两天的月，她少了份清爽和亮洁。但是，我似乎更喜欢这样的月，朦胧，些许混沌，跟自己的心，恰好地吻合了起来。

只是这一整天却平静，踏实，安宁。

就像一个快乐简单的妇人，散着头发在家里，慵慵懒懒。清早起床，东忙西拾，不是窗明几净，也差不多井然有序吧！然后，网上做一些工作。中午，吃一个苹果，看自己喜欢的《喜羊羊与灰太狼》，笑倒在大朵大朵的玫瑰花被面上，赶紧翻出不久前买的美羊羊发卡，斜夹在刘海上，觉得自己美丽可爱得就像美羊羊。半下午，狠狠地睡了两个小时，醒后像个饿狼，满地找吃的。但是，很快乐。不要和路人甲乙一起吃饭，不要和不相干的人去洗脚推拿，通通推掉。我深锁，我安宁，我快乐。

只是昨晚，有梦。梦里，一盏清茶，和谁相视而坐，是初识时的恣意模样，欢喜和纵容在眼底跳跃，眉目间，自是有情风万里卷潮来。我的欣喜，在每一个凝望间漾着。

可是呢，推枕惘然不见，淡淡怅然。

步步天涯　　2009.10.6

睡不着，让我焦虑。

二〇〇九年

昨夜，瞪着眼睛三个小时。我以为，是因为下午睡了，所以没有睡意。过午夜，实在难受，爬起来做两套试题，已经凌晨三时，辗转，小睡，睁眼，不过六时许。我使劲闭着眼，想再入睡，分分秒秒格外难熬。于是起床，背起背包，上街转一圈，人间烟火，果然美妙。回家，微汗。

上午，做网上游民。等待瞌睡，等不来，自己爬到床上，慢慢等，始终是空。然后，一个苹果，我的午餐。继续趴在床上，等瞌睡，很久很久，窗外白花花的太阳，直逼我闭上眼的黑暗。如此反复。

我内心其实通明。

只因，心，随你步步天涯，我不能眠。

叶落知秋　　2009.10.10

一叶落而知秋，那千叶万叶铺就的，恐怕就是深的无垠的秋了。

然而，满目不见萧瑟，有些失望，有些苍凉。就像春天不见百花，冬日不见白雪，让人怅然。

固然是因为自己，等秋天等得太久，恐怕还因为，自己等一份成熟的心等到已经失望。自己就这样，无端地伤了自己一直剔透真实而又美丽的心；就这样，沉入一片苦海，却丧失了挣扎的念头和勇气。我知道这样不好，也知道，拥有的只能那么少。

我一直都想逃。

我不想，不想长这么大。大到不能哭，只能笑；大到只能说好好好；大到拥有太多的所谓大智慧。天知道，大智慧是百忍成金的产物。我要大气魄，在世间沉浮，怎么都不怕。

家有懒夫　　2009.10.11

家有懒夫，我摇头苦笑。

已经是第三次推开他的房门了，他微睁开眼看了我一眼，又睡去。我不要做一个聒噪的妻子，所以我绝不会在第二次第三次推开他的房门时提醒他：你下午还有事要做。在成年人的世界里，他比我更懂得什么是该做的，什么是不该做的。自我价值的实现，重在对自我要求的坚持。他对自己，没有要求，他是幸福之人。

初婚时，也是好青年吧，或许是自己懵懂。看着笔笔直直的一棵杨树，跟我几年的磨合，反而变得腰圆膀粗得对不起我们的家族史，我在惊愕的同时，反省也自责。

还是我不好，我一直奉行自由发展的原则，不会勉强对方，不会要求对方，我想的如果对方都不能懂，强调又有什么意义？所以我一直一个人赶路，忘记了还有一个成语，叫举案齐眉。

仍然不放心，又跑去他的房间看了一下，这一次他连身也没翻，背对着我。我气极，反笑。

是啊！婚姻在人的一生中是何其重要，然而我觉得，此外的天空，也是何其广阔。还是要相互给予自由空间，否则，会作了茧，更束了彼此，从此纷扰。

天下本无事，庸人自扰之。

无边而真实的美丽　　2009.10.26

一个结语，两个月的心路历程：痛，但梦。

不能表达的几十个日子，似乎简单，似乎重复，似乎沉

二○○九年

35

静。只有我自己知道，自己是怎样的纠结，怎样的挣扎，又是怎样的勇敢。

这些日子，在无人的空间里，我低着头，辛辛苦苦为自己的梦，挥洒着一路汗水。常常怔怔地抬着头，眉已微蹙，这不是我的生活。我的梦想，还在远方。

许多个瞬间，想要歇一歇，不要扛那么多，因为我更愿意孱弱，更愿意在安宁的天空下嬉笑嗔怒。

可是，是不能说累的，怕一出口，泪滂沱。生活的重负，就让我在长长的路上，慢慢轻卸，总会有尽头。

敲打到这里，眼已经温润，是对自己的理解和肯定。

谁跟我说，心有多大，舞台就有多大。

于是，我对自己说，释然。勉励自己，一切会好，因为上帝那么公平。人间苦事，我已经仰首浅尝，它不会再舍得让我难过，我也是他的乖孩子。于是，我就笑了。

我相信有一种美丽，无边而真实。我也相信，那就是我的本色。

欢　喜　　2009.11.1

我对南京的印象，一直是模糊的。虽然几次穿梭，都是匆匆掠过她的繁华，以为不过这样，闹市而已。而且自己，不管是文字还是心性，都没有上升到有关政治的地步，所以，六朝古都，在我眼里，只是粗泛的线条。

可是，昨夜的南京，让我真的动了心。

上午的时候，还分明燥热，我直嘀咕，难怪是三大火炉之一。听了朋友的话，说是要降温，我穿了线衣还有外套，汗如雨，躲进酒店，不想出来。下午，透过窗户看着渐渐阴了的天空，风在树头打着旋儿，我一下子没忍住，赶紧换衣服，跑出去吹风，果然舒服。风婆婆，就这样吹着我忘记束起的发，乱飞扬，迷了我的眼。童卫路上，我一家小店一家小店地流连着，流连在风中的南京，直到黑了天。

吃过晚餐，再出来，微雨。

有些柔柔的冷，这个时候，我却觉得很开心。地上已有薄薄的树叶，是梧桐落叶。踩在上面，有微微的响。风，还在；轻舞的叶，还在空中。这一次，扬起的不仅是我的乱发，还有我的心。这一次，我真的知道一个词叫厚重。是我刹那而起对南京的感情，刹那而起对南京的感觉。我不舍得回房，直走，直走，沿着梧桐大道，踩着心中的厚重，不拐弯，我是个路痴，找不到回头路。

何时，风渐息。而我抬头，四方云动。南京的夜，刹那安宁。而我的夜，也必然安宁。

天凉好个秋　　2009.11.5

今天，不快乐，给自己放了一天假，没有看书。还，落了许多泪。

我不知道这半年，哪一件事会完满。有些，是预备好了失败的，而有些，是我始料未及的。我要学着承受，再承受，只能一个人。

许多年前，我在一篇文章里写，这个世上有太多人能陪你同笑，而不能陪你同哭。身边真正的好友都知道，我不是为赋新词强说愁，而是，天凉好个秋。

昨夜，跟一个朋友走路，两个多小时，真的是走路，还说话。朋友是对生活满意度较高的一个人，看着他的平和和昂

二〇〇九年

扬，我不停地笑，真的为他笑。他看不见我的悲，尽管车灯频闪，月色也明朗。而我的笑容，分明清粲。那英的歌里"你永远不懂我伤悲，像白天不懂夜的黑"。

而今天，我还跟我的爱人说，我不怕失败，但我害怕放弃自己。真的不怕失败吗？我是怕的。爬起来，需要太大的勇气。而跌坐在现实的山坡，无意枯荣，我又怎么肯?!

黛玉说，一年三百六十日，风刀霜剑严相逼。

我笑着对自己说，灵魂像风，挥情天涯。

爷爷曾对我说，什么坎都可以过得去。

所以，不屈，不怨，不悔。抬起头，让咸咸的东西倒流进肚中。笑着，走每一天。笑着，为明天积淀勇气和力量。

万物有时   2009.11.8

安静地坐在高高的看台上，小城在我眼里，居然温婉。而对面舞厅里阵阵歌声，刹那热闹了我的寥落。

不要让自己，凉了心。

一个不远不近的朋友，约我去见他的朋友，安安静静的半个下午，走时，朋友的朋友转向我："你是一个素养绝对OK（好）的人！"我大笑："这是我听到的对我最好的褒奖了，谢谢！"笑固然不是我真的爱听这样的字句，是因为我一下子明白，惺惺相惜。短短的两个小时，我同样在心底无比尊重他。我们不会再约。

而背后长空，分明温暖着整个夜空，我分明也有最蓝的天空。夜半悠悠，我分明也曾看见爱的长空，我怎么能否定这种爱呢？

思念，不过是因为习惯。

万物有时。离别有时，相爱有时，怀抱有时，惜别有时。

如果永远都恋恋不舍，那是永远都看不见晴空的。

也许太孤单，也许太渴望，所以坚持。我那么相信，红尘默默，等我往前走。瑰丽的自由，从不曾离我远去。梦想在不远处，等我同行。

豆子和我　　2009.11.9

得知小女豆子开始从她丰实的储蓄罐里往外掏硬币的那天，我就对她说：毛毛虫（我对她的昵称），从今天起，妈妈每天给你一块钱，买自己想买的东西，或者往自己的储蓄罐里存，好吗？看她玲珑的脸上泛起的神采，小脑袋点得跟什么似的，一下子把我拉回自己的童年。

想起自己，只为学校小店里那诱人的老虎糖，也曾在爸爸的西装口袋里，轻手轻脚地抽出红色的一块钱，同时摸到那口袋里分明还有糖果，激动地赶紧跑去问：爸爸，你今天是不是带糖回来了呀?！就那样自作聪明地把自己"偷"的行为供了出来。

豆子是不稀罕家里各色果点的，但是我想她一定抵抗不了校门口摊贩的诱惑，辣条干、一口酸、棒棒鸡……尽管每天路过的时候，看见围在那里的许多小朋友，她会说：妈妈，那些都是Junkfood（垃圾食品），不能吃的，是吧?！我知道她很想我回答：也不是，有些还是好的。但我总会煞有介事地说：是的，毛毛虫真聪明！一顶漂亮的高帽子，立即让她吞下了期盼的口水。

我觉得自己不是一个可爱的妈妈，我检讨得特别快，我不要剥夺属于她的那份极大的快乐。那么，让她自己每天给自己做个主吧！

有一块钱的日子，豆子似乎很愉快。每天早晨乖乖起床穿衣刷牙洗脸，我们一起出门，吃完早饭后，扬起她的小脸，对着我竖起她的食指，摇啊摇，把一块钱摇到她的手心。

直到我今天对她宣布，扣了她明天的一块钱，她的眼睛瞪得大大的，无辜地看着我。好像在问：妈妈，真的吗?!

豆子和我　　　2009.11.10

昨天整个上午是空闲的，所以早上送她去学校以后就回家看书。

十一时，小雨。我步行去接她，伞挤伞，人挤人的场面太壮观。小小的身影却已经在操场上，嫩嫩地冲我叫："妈妈!"我抓起她的手："傻呀! 不会在教室里等妈妈?!""可是妈妈，我作业都写完了!"说完就往车棚里找我的车子。"别找了，车子送回家了。""那太好了，妈妈，那我们走回家好吗? 顺便还可以一路看看风景，好不好?"我略犹豫了一下，同意了。

豆子一路欢快，我故意忘记提醒她，伞打歪了，注意衣服会湿，裤脚也会湿，就让她简单地快乐吧! 我只是认真地听她一路念着广告牌，听她把"苏浙徽"念做"苏渐微"……

她不娇气，我已经很安慰，这正是我所希望她所必备的品质。

到家后，大家都已经在吃饭，我大声地宣布了豆子今天的好表现，一边帮她换潮了的衣裤，一边说话：毛毛虫今天用自己的双腿帮妈妈挣了三块钱呢! 妈妈待会把你自己挣的这三块钱给你，自己支配吧!

真的吗?! 妮子噘起她的嘴，狠狠地亲了我的唇。

她大概怎么也想不到，三块钱带给她一下午的快乐，却也让她损失了今天的一块钱，应会小小沮丧吧!

二〇一〇年

我知我不会老去

因我温情的心

因我穿透的灵魂

世纪的风景

落在我海样的心上

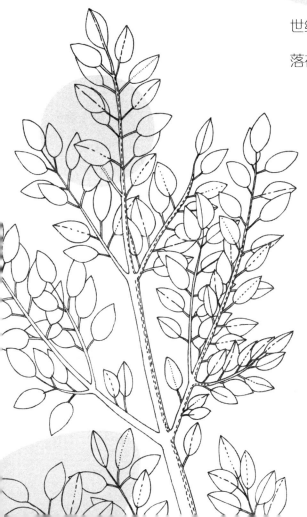

飞翔远离现实　　2010.1.27

我喜欢冬日暖阳，可是，我害怕余温尽去的黄昏，冷冷的不见中天的温暖；而今天，我是喜欢的，只因雨后的干净。此刻，也是欢喜的，出去遛了一圈，干干净净的空气，我把所有的心绪吐尽，只留宁静，一如一直。

单纯的生命，单纯的生活，单纯的梦想，是多么美好。

世界之大，千品万物，繁然杂陈。人生内外，不涂饰，不遗弃摆脱，即涅槃。总不至，内外俱泯。

踏雪归来　　2010.2.14

踏雪归来，数不尽的欣喜，数不尽的澎湃。而我决定，安静地敲完我这篇计划了许久的文字。晚八时，天空中已经扬起一片一片的雪，我就开始，看着，想着，看着，想着。在飞舞的迷离里，完满自己的梦。那就是，我们同在，我们同醉。

来不及在旧年里跟自己说再见，来不及跟自己在往事里说加油，一切已经水到渠成。我相信，天道酬勤。

想起那一个个无声读书的日子，常常在午夜绕着黑黑的体育场一圈一圈地跑，直至汗湿衣裳，常常在深了的夜，关了台灯，闭起自己疲倦的眼，任往事历历，在黑暗里洗尽我的疲惫……一直这样伶仃的在生活与梦想之间流连又坚持。还有多远，才有我希望的永远？漫天的飞舞，是我半生的游离。

牛年，我分明是幸运的。因为所有的努力，终有定点。我感谢生命中的一切，包括伤，包括爱。而这新的一年，我给所有朋友的祝福是：祥和，安康。也这样祝福自己。

白雪纷纷，我已踏雪而来，夜已央。

我把春天还给你

难得自在　　2010.2.19

青山不墨千秋画，绿水无弦万古情。

这个寒假，无疑是安详的，是宁静的，也自然是喜悦的，这是内心的感受。它的形式，似乎又是繁复的。然而，我享受，享受亲情带给我的安宁与纵容，享受岁月消逝而我成长的从容。

相对于整个假期的丰富，这个下午，我是单纯的安宁，自我的安宁。有多久没有这样，掠过片片竹林？分明曾是青葱一场。今天，我又走过竹林。犹忆当时年少春衫薄，我的裙角飞扬，你的欣喜自眉到目，十六岁的少年，把笑语挥洒。而过尽千帆，看尽世事，十六岁的夏季，从未消失在风中。

也有浅浅的河滩，潺潺的流水，已是吹面不寒，倾听也是一种丰润，沉默也是一种喜悦。我愿意坐着等落日，看黑天。

月亮，一直是个动听的词。

当我哭　　2010.2.25

我永生在用心，永世在感受。我深知岁月无常，所以，我珍惜现世欢愉，分分毫毫，舍不得伤，舍不得弃，我愿意用我仅有的心怀，仅有的掌心，去悦人，也悦己。

赠人玫瑰，手留余香。

可是，当我哭。

当我哭，是我在用尽了勇气时的一种惘然。

当我哭，是我对自己无能为力的伤感。

当我哭，是我百转千回之后的挥洒。

当我哭，我宁肯沉默再凝结。

当我哭，决不仅是悲伤。

当我哭，已经不是无助。

当我哭，所有的情感，无以复加。

当我哭，我的力气就消失了。倦极，累极，痛极。

当我哭，我其实只是要一个怀抱，让我酣眠沉沉。

可是，当我哭，我可敬的父母，我亲密的爱人，我可爱的朋友，我去哪里找你们永恒的怀抱?!

那么，纵然泪已成海，请让我相信，生命在苦难中绽放夺目的花。

草莓渐浓  2010.2.28

今天，捡石头的那帮人说去铜陵，我说好，我去。踩着新年的脚步，又近三月，我梦的季节。我不懂石头，我要看的是去铜陵路上那一畦畦的草莓。远远地看见草莓棚，我听见我的心跳加快。路旁已摆起了草莓摊，一篓一篓，可是我不敢说停下让我下去。曾经，我是那个快乐的草莓姑娘。

车子到了江边，我是没有准备的，看大家都穿着自备的雨靴，我傻了眼，是啊，沙、石、土、泥，除了雨靴，还能穿什么？可是我不能就待在车上啊！没人管我了，都像淘金者一样。我索性脱了鞋袜，自顾下车了。我光着脚丫子，踩在大大小小的石块上，脚板很痛，我不怕痛的。我不找石头，我吹江风，听轰隆隆的机器声，看过往的船只，抓黄土玩。

两个小时过得很快的，看着像逃荒者一样的同志们，背着蛇皮袋，我就笑。大家都说我很厉害，看着细皮嫩肉的，还挺能吃苦，我一下子又有了泪意。我来，是寻梦。

草莓花事，永恒地绽放在我的心中。

相信岁月　　2010.3.3

是看学生的周记，他写"语文老师跟我们说，哪怕是一天的师生，但愿是一辈子的朋友。我听后也罢，然后苦笑。我们只有把自己的真心放给自己，然后再把自己的真心给别人，才会有朋友。可是身边人都带着虚伪的盔甲……"

是一个七年级男生成熟而冷冷的文字。我给他批注：老师在你的眉宇间，看见坚毅、独立、冷峻，而我相信宽容、乐观、豁达，会让你的身边有朋友……

然后一个小同事，跟我说：你说，女性是先事业再成家，还是像你一样，先成家再事业。我沉默，再缓缓开口：我从未觉得，我有或是将会有事业。我只是，生活。

我觉得，我不能很好地用语言表达我的观点，跟学生、家人、朋友，都不能。我只是用我的心，在生活。而且，我相信岁月，相信亲情，相信友情，相信爱情。

经历，也许会让我们受伤，但是，如果我们懂得收和放，我们会成长至豁达。豁达的人生，难得但重要，对每一颗冷过的心，每一个痛过的人。

悦人悦己　　2010.3.8

还是这样的雪，不大，碎碎柔柔的，这都半天了。我不爱这雪，一点力度也没有。尤其是在我们的节日里，不能锦上添花，有些憾。

办公室里都是女同胞，于是我昨晚到花店拿了一束石竹梅，今早带到办公室用花瓶养上，为自己的节日添些暖意。又一人送了一小块德芙，聊表我对自己的尊重和对其他女性的尊

重，嘿嘿。很快乐的一上午，下午又放半天假，我自然是一蹦三尺高。

下午一觉，简直也是美极了，香香的。同事约了去唱歌的，我又扫大家兴了，我又唱不出好听的歌，捂在暖暖的被窝里，做我的春秋大梦才是正经呢。

答应婆婆，晚上在家喝她炖的鸡汤，我的最爱。然后上街，又一束康乃馨，送给我的一个好朋友。希望她能在这样的日子里，也暖暖的。然后，应了一个朋友的约，喝杯热茶，哈！居然还有一束红玫瑰等着我，意外之喜啊！我一激动，整个晚上，妙语连珠。哈哈！

这一天就这样要过完了，我还停着不想走，赖在自己特殊的日子里，悦人悦己。

红尘宿命　　2010.3.14

有些清寒的下午，我靠在床头，看安妮宝贝的书。

好些日子没有读她了，差点迷失自己。冷冷的文字，年轻却无法阻止的忽老的心。安妮说：你已离开，我却依然存在。

好些独望，好些过往，好些经年寂寞和伤害，倏地涌向毫无防备的我。我开始悲伤，有慢慢升腾起的雾气在眼中，有零落的雨声伴着我。

青葱时，我读罗兰小语，读席慕蓉的字，也读梁凤仪，这些是有希望的文字。那时，我的每一个梦，都有美好的结局，虽然当时年少春衫薄。爱情经过的时候，我看张爱，尽量让自己冷冷静静。到安妮，我的挣扎。

拥抱，告别，遗忘，消失，再出现。

懵懂，义无反顾，迷糊，受伤，微笑，无助，拥有守护。
谁说不唯美?!

聪 明　　2010.3.25

终于还是忍不住，去买来药吃。

夜半咽喉如火般灼烧已经持续一个星期，我以为如往常一样，扛扛就好了。可是，扁桃体又跑来作怪，死不饶我。它是我的敌人，每次想抵过去，都要遭皮肉之苦。我怕打吊针，其情之惨，状之烈，不亲眼目睹，你绝不会相信那是一个成年人在挂水。你会以为……我找不到句子形容。

想起一次次去诊所挂水，都要人陪着。只怕扎针的时候乱动出状况，扑簌簌的眼泪是免不了的，把手腕扭来扭去不让扎是正常的……

这大半年，我是健康的，我忘记了许多痛。

这一次，我感觉到，我如果再坚持，到最后，我又要吊针。

所以，我扼杀它于始发阶段。我至少，学会了一点聪明。

生活的苦　　2010.3.26

我从不喜欢看热闹，不钻热闹的地方，我会头晕，今天是个例外。

是陪豆子，在广场上遛。晚风有暖意，吹着我的懒懒。有玩杂要的很容易吸引了豆子，我跟过去，只一眼，心就疼得纠结。简陋不堪的道具，四个脏乱的孩子，最小的才三四岁吧。看着小小的孩子，一个个简单却隐忍的动作，我不愿去想，四个孩子的背后是什么，我只知道，我的眼泪已经不可遏止地流淌。这个世界，到底有多少人，在受着生活最底层的苦？我明白我的幼稚。可是，小小的宝贝，稚嫩的声音：谢谢好爷爷啊！谢谢好奶奶啊！我笑不出。

我一滴滴泪，落在豆子的发间，她抬头，不解却懂事地要为我拭去眼泪。我拥拥她：我们回去？豆子乖巧地跟着我。

我牵握住豆子的手，像牵握住整个世界，静静地往回走，心里默默地念着那句最爱的话：但愿人长久，但愿人长久……默念着自己对生活一直的渴望：现世安稳，岁月静好。

悲伤时唱支歌　　2010.4.19

这阵子，天天买草莓，看着草莓，再把它们吃掉。

"我已经不爱赵宇了。可是，我要的是一个说法，他欠我一个说法……"

关良沛是这样说的。一句话，牢牢嵌入我的心底，疼痛一阵阵袭上我的心脏。

是谁说爱到唇摇齿落？是谁说要爱到鸡皮鹤发？谁说最爱那个草莓姑娘？谁说将来要开个水果店、甘蔗铺？谁说相互搀扶，一直到人生的尽头？

可是赵宇说，从来没有，从来没有爱过。

良沛说，赵宇欺负她一个疯子。良沛的绝望，那样一目到底，不用说。我宁愿，自己是个疯子。

为什么要用情？为什么还要用情至深？

我为什么宁愿自己是个疯子？良沛的话，每一句，我都听得明明白白，每一句，我都理解，每一句，我都心疼，每一句，我犹如心底之音。那样一个善良重情的女子，可是赵宇伤

48

了她。汪静凡又怎么能抚平那永远的伤口呢？即使千般缱绻万般爱，爱的主体终不一样啊！

怎么会有一样的气息？怎么会有一样的低喃？又怎么会有一样的契合呢？只不过是一道永远无法跨越的爱的距离而已。

贪图的女子　　2010.4.19

仿佛还没有从昨夜的惊惧中恢复过来，笑容背后，心仍恻恻。

我不明白，小小的茶杯盖，怎么就把洗脸池砸成那样不堪。瞬间的巨响，等我睁眼，是一地的支离破碎，满眼明绿的碎。我不能接受的仓惶，傻傻地挪到沙发上，泪如雨下。机械地给豆子的爸爸打了电话，哭得不能停气。

豆子被我从被窝惊起，跑出来看究竟。懂事的她像是明白妈妈的无依，柔柔的手不停拭去我脸上蔓开的泪。用稚嫩的话语安慰我：等下爸爸回来，一开门我就跑去捂住他的嘴，他就不会骂你了。又唱：爸爸爸爸快回来，回来不要骂妈妈……小小的豆子，我就那样抱着她细细的腰，等她爸爸回来。

豆子的爸爸，异常快地回家，异常温柔地哄着我：不怕不怕，伤着哪没有？打水给你，先洗洗睡觉好不好？不哭了，我来打扫。

而我，哭得愈加大声。

为什么就忘了，我一直任性和乖张？

我是一个多么贪图的女子，我贪图，哪怕是最后的温暖。可是我，总是冷，只是冷。

二〇一〇年

49

童星小·谈　　2010.4.20

半夜了，抿一口咖啡，睡眼蒙蒙中写下这个名字。

童星？童星！哦，一尾标准的马尾辫，椭圆脸，脸上各处都很圆称。眼睛中时常闪过迷离成熟的光芒，鼻梁挺正，一张普通的嘴，却时常冒出几句令人佩服的话。头发也不是长，却常翘起，宣誓青春的活力，淡淡的发丝。耳朵挺大，招天地精华于大脑之中。

自然，她有一种修剪不掉的光芒，那是我们这群没心没肺的孩子们所没有的，一种成熟的逼视。同样的，她也会在课堂上张牙舞爪地笑，给予我们久违的快乐，奇迹似乎由她诞生。

如同半早的太阳，给予别人一定的光辉，自己也在进化，这便是童星。

写给燕子写给刘霖　　2010.6.3

写下标题，我的眼眶，突然温润。只因为，现世匆匆。

不知道怎么，就这样近了，近了，近到，我每一天都能感觉到的温度。每一天，都有期待。可是，又要远了，我的心里，在期待中，开始有忧伤弥漫。

亲爱的燕子，亲爱的刘霖。

我多少年的尘世挣扎，蒙蒙的昏暗中，你们缓缓地亮了我的天空。你们的世界，干净明亮，那是我向往的天堂，错失的过往。我的笑容，就那样真实而灿烂地绽在我们初识的指间岁月里。我开始常常感叹，人生若只如初见，多么好。

可爱的燕子，可爱的刘霖。

刘霖会说，你今天咋地啦？好像有心思？

燕子呢？哦，燕子，燕子是八年前坚强的我。

心房纠结时，看着你们的笑，我也从心底笑出，心疼难忍时，你们在嬉笑嗔怒间，已是春风化雨。

于是，课堂上，我潇潇洒洒弹指挥，因为，办公室的十分钟，有我喜欢的暖暖。是你们年轻而真实的生命，真真切切让我感受到一种美好，一种不染纤尘远离功利的美好。我很幸运，人生这个时候遇见你们。

在一日日的等待中，我终于等到久违的结束。可是亲爱的燕子，亲爱的刘霖，我开始有惶恐和不安，开始淡淡的愁和忧，我知道，这一种情绪，叫不舍。还有，这一段时间，你们的陪，我要说谢谢。

我相信地久天长。亲情，友情，爱情。

红尘不落　　2010.6.7

一个人可以走到永恒，我知道，只要不害怕伤痕累累。

流金六月，我在花团锦簇中，抬起的总是蒙蒙的眼。我的快乐，在过往，我的希冀，在未来。只要，我一直这么勇敢，抗世界的风和雨。

红尘，让我生眷恋。

我不爱蹦跶，我只要温暖的天和地。半生蹉跎，梦不曾变，只是不停地碎，我只有不停地补。再，不停地走，不停地走。执著的人，更能走得远，我知道的。但是心呢？心呢？怎样沉浮？

从来，我的形式，热烈而决绝。

从来，却一个人，演地老天荒。

不谈寂寞，只为完满。

但愿，红尘不落。

温柔的夜　　2010.6.10

我是夜的孩子，我在夜的怀里，才是可爱的。可是，我没有夜的温柔，却只握住，夜的孑然。

这样的小城，我怎么能只有梦，只为梦？飘忽了的岁月，我无法牵握永恒。多么孤绝的心，多么孤单的日子。我多么害怕没有人陪的晨昏，多么恐惧淡去的深情。想念和等待，是我生活的唯一颜色，灰色的，绝望的。对远方的想念。

我总是笑的，我怕一旦停下，我还怎么有勇气活。

谁会疼我呢？我知道是没有的。因为，我是多么让人觉得快乐和无忧，又是多么让人觉得豁达和坚强。我生来不是被人疼爱的孩子，我只能在夜的怀里，向隅而泣。

我走不动了，在长长的路上，谁能告诉我，怎样才是幸福的方向？

谁会在不眠的夜里，问我夜安。

芬芳的寂寞　　2010.6.17

特别不喜欢寂寞这个词，觉得好轻浮。于是就说落寞，说孤寂。其实寂寞。

早晨，在街头，搬了一盆栀子花回家。好浓郁的香味，一下子甜了我一度纠结的心。把花盆放在阳台上，我蹲下，久久深吸，花香沁骨。轻轻地把自己的忧伤埋在花丛处，只留一张甜蜜温馨的脸庞，这是我仅能做的。

一杯茶，一朵花，一席话，都是我快乐的载体。生活在浮光艳影的社会，我很庆幸，始终淡定。不是无悲无喜，是得之大喜，失之不忧。唯有心中最厚重的梦和情，是我孜孜的追求。

人生，潇洒最难得。

潇洒也是一种态度，用在不同的人身上有不同的形式。于我而言，能把深深寂寞，淡淡浸染成芬芳，绽放在白如雪的栀子花瓣上，已是潇洒的极致。因为对痛苦和欢乐都有深刻的感受，因为知道人生有许多无法满足的事。但是我相信，但凡美好的东西，都会以一定的形式，天长地久。

栀子花香，寂寞也长伴。

不如自尊　　2010.7.8

哭泣和自残，在我看来，都不能赢得自己的尊严，于一个女子，在婚姻和爱情中更是如此。不要提醒承诺，当相扶相携的岁月过去了，承诺不会过去。没有想不起的诺，只有不愿履的诺。如果提醒，你已处在下风，尊严尽失。

太多的哭泣，只能让人厌烦，无休止的纠缠，只能让人心生倦怠。你不必指望那个人，因你的眼泪，因你的哭诉，心思逆转，柔柔待你。他可能就此沉默，那是怜悯。你获得的，仍然不是爱情，何苦？

而自残，更是不明智的选择吧？他会怕了你，但仍然与爱无关。如果是一个清醒果断的人，连怕都不会。因为有预谋的自残，只不过是手段，想留下对方的手段。多可怕，他更会清醒冷静地离开。

当一切消逝时，不如通达，不如自尊，不如自爱。人生的意义，不仅仅在于繁衍，或是对金钱无休止地狂热攫取，而是在于人生永恒的提升，放在每一个个体身上，也是如此。别说世风日下，物欲横流。泱泱世界，自有人格高尚的你我他。我们的自我实现，其实就是一个自我提升的过程。当然，这里的提升，是指兼修内外，而不仅仅是用世俗的价值包装自己。而女性朋友的内外兼修，往往意味着，赢得了世界也赢了他，多么有颜面的事！毕竟，小赢靠智，而大赢依德。

所以，何必哭泣，又自残？做这样毫无尊严的事，不如，正正经经地经营自己。让那个远去的人，在远距离之外，瞻仰他忽视或不曾重视的风采。

说到底，一个爱你的人，是不会舍得让你有机会因伤心而哭泣，甚而自残。

不要问啦　　2010.7.14

不要再问我，为什么不办中学生补习班。问得多了，我烦了这个问题。

我尚年轻，我不是没事做，我的生活是忙碌也舒泰的，我不急着靠学生发财致富。

就像我喜欢的小儿科医生朱启东，也不急急地开诊所去替孩子治伤风感冒赚钱。

物质世界，拥有真正平常心在都市中虽少见，但并不绝无仅有。

劝　睡　　2010.7.14

书看得久了，脑子用过了头，反而不能入眠。只有再爬起来，分分秒秒用起来，舍不得白白浪费。

总会有人提醒我，要睡好，否则看你的黑眼圈……

说来惭愧，眼瞅着自己正当时的华年，却是真的不曾在意自己所谓的容颜，或许真的一直不曾为悦己者，不曾逢己悦者。潦潦草草的青春，就这样已是尾声。

从来不曾仔仔细细对镜而览，我的脸是否充满光华？我明白自己从来只是简简单单的尘间女子，与美丽无关。可是我，真的不曾在意，我以为，干净就好。

什么时候开始，总会有这样的声音：瞧瞧你的黑眼圈？是吗？我其实是茫茫然的，可是我还是假装自己知道一样：哦，我的睡眠不好。其实有时候，我也会对着镜子瞅自己的眼很久：什么是黑眼圈啊?! 我其实根本就不知道。

还有这样的声音：最近老在外面跑吧？又黑了。是吗？我其实也是没感觉的，可是我还是假装知道：是的哦，天天晒太阳嘛！

人真是奇怪，可以装得跟真的一样。

我是怕了，我若跟别人说我其实根本就没在意，那我就是矫情了。我宁愿顺势话题，也不要被评成矫情。

我也希望，自己什么时候，能正正经经重视自己的脸，自己的眼。只怕惯来的坚持，变不了。我以为，干净的脸，纯善的眼，剔透的心，是我一贯的脚步。这样，就好。

亲亲我的宝贝　　　2010.7.15

豆豆宝贝：

你去上海已经是第四天了，妈妈昨晚因为太思念你，而久久无法入睡。

妈妈不愿意给你打电话，因为不知道打谁的电话可以直接找到你。更因为妈妈知道，你这个贪玩的闺女，玩得有兴的时候，怕是不愿意跟妈妈多说三言两语的。

可是宝贝，妈妈真的想你了。想每个清晨拉着你软软的手一起去体育场跑步，在草坪上一起练习蛙跳，想念天天跟你抢东西吃，在沙发上疯滚，想陪你画画、练琴、上书法课……我们谈天说地，多么有趣。总之，妈妈想念有你在身边的日子，你是妈妈生活里最宝贵的温暖。

宝贝，这几天玩得开心吗？我想一定是的。我的宝贝，一直快乐且无忧，那双明澈的眼，那么饶有兴致地观察并热爱着这个世界。宝贝，你开心就好。别忘了你答应过妈妈，要拍好多照片带回来给我。

宝贝，你走的那个下午，你濡湿的唇贴在我的耳边，腻腻地说：妈妈，我会每天都想你的！我回来就补落下的作业……

宝贝，让妈妈告诉你，出去玩就别想那么多，妈妈不在乎你的作业，妈妈在意的是，我的宝贝，有每天都想妈妈吗？

你活活泼泼的影子，总是在妈妈的心上跳啊跳，妈妈就笑了。我的宝贝，妈妈多么想你。

想找到你的日记本，用我的笔替你续上缺的这些天，却不知你是不是带走了它。那么，就写在这里，等你回家看，也是一样的。

亲亲我的宝贝！

亲亲我的宝贝　　2010.7.16

宝贝，昨天罗艳娇姑姑说视频上见到你了，说起你缺牙的嘴，我们都笑了。

宝贝，妈妈的笑容里，更多的是想念。想拧拧你的脸颊：小妮子，都不跟妈妈通视频。妈妈忍住电话联系你的冲动，就让我的宝贝，去适应另外一种生活，去感受复读机妈妈不在身

56

边的日子。也许，不一样的环境，你有更多不一样的快乐。那么，妈妈一定要忍住，一定不打扰你。

宝贝，妈妈已经开始在等待，等你回来。妈妈想念跟你并排在沙发上看《喜羊羊与灰太狼》的日子。而且，我迫切地等你回来，我们一起闲闲地躺在床上，听你说你上海的故事，你那张伶俐的嘴呦，不知有多少有趣的言辞会蹦出来，那会让妈妈开心很久很久。

宝贝，你不在家的这几天，妈妈加大了毛笔字的练习量，想等你回来，在你面前炫耀：你看你看，妈妈多么厉害！妈妈坚持跑步，也想等你回来跟你说：你不陪妈妈跑步，妈妈其实有些孤单。

宝贝，你说妈妈是你的世界里最守信用的人，说话从来都算话。那么宝贝，你说话算话吗？你有每天都想妈妈吗？

抱抱我的宝贝，再亲亲。

聆听并信任自己的心　　2010.7.17

这一觉，睡得熨帖无比。

这一年多，没有这样美美地睡下午觉。一半是因为自己很久以来功课不轻松，一半是因为自己的心不得空闲。

我的心，一直在等待，等待一种互相啮咬伤害至死的狂恋。呵呵，多么万劫不复的念头。

等待是多么磨人的姿态，可是也不，我不会让自己从晨至昏地专程等待。我的世界，已然瑰丽。我有自己的忙，我的忙，赋予我某种自尊。哪怕相约，我也要抽空，故我永不会成为一个悲情女子。即使成全，我的姿态亦必坦荡，无须泪眼。成全，不过是因为爱之深切，何须悲切？

二〇一〇年

57

这一年多，我常常同自己的理智搏斗，这是极辛苦的一件事，所以我不能沾枕即眠。只因掌心握着欲念，连睡觉也不那么轻松，真是作风小气，不似我的本性，其实是因为太厚重吧？

偏首，窗台上立着漂亮的玩具小女娃，可爱极了。似乎，我与她有相似的笑靥？她也是我的宝。一切美好，是我的至爱。

那么，就聆听并信任自己的心，忠于我们的世界。我不介意简单生活，我无需华丽的诺。五尺素床，已能够承载我半生好梦。

亲亲我的宝贝　　2010.7.17

宝贝，妈妈想你。

宝贝，这两日，我们越来越多地谈起你，尤其是外婆，说起你，眉眼里的笑藏都藏不住。你看，你是我们大家的宝贝呢！开心吧？

宝贝，知道你此时还在世博园里，妈妈有些心疼，你累吗？那些热闹的地方，并不是你的最爱，很多大人虚荣的追逐，并不能真正令你开心。妈妈知道，有些地方，你同妈妈十分相似，你有真正令你开心的人和事。妈妈知道，你最最开心的时候，是跟航帆姐姐一起在马场骑马，在镜前扮公主，是和吴雨婷一起去游泳画画，是和吴茜恩、管宏俊一起跑步溜冰……

宝贝，妈妈懂得你世界里最大的快乐。为着你的快乐，妈妈也在努力，快乐着你的快乐。

宝贝，你明天会回来吗？

宝贝，今天妈妈看了好多书，都是你的书，尤其是漫画版的《西游记》，那个白骨精的图妈妈看了很久很久，我们俩都喜欢她喜欢得不得了，就像看《丑女无敌》一样，我们都喜欢娜娜，只因为她们两个都漂亮。

妈妈好想你的样子，趴在床上，穿着可爱的睡衣，披着湿发，看书咯咯笑的你。

宝贝，今天晚饭，妈妈一人喝掉了凉拌西红柿的汤，冰冰凉凉，可是妈妈没那么开心，因为没有我的宝贝眼巴巴地在我旁边瞪着我：妈妈，可不可以不那么过分？留一点给我好不好？

宝贝，妈妈想你快回来，亲亲我的宝贝。

你有时候，会故意打击妈妈，不让我亲你的小嘴巴，这一次回来，不许躲闪。你也是，每天想着妈妈的，不是吗？

今夜无泪　　　2010.7.30

夜半悠悠，总是不能安眠。胸口似被一块大石倾轧，只能残喘。

几月余，一直是这样的，白天黑夜，我都不能吐纳自如，一口气憋在胸前，总是不能吐尽，非要用力，才能完整呼吸。我不以为是自己的身体器官机能出了问题，只道是天气渐热，或睡姿不当所致。

可是昨夜，悠悠转醒，悲念突生，谁曾说：如果真的从此不能健康呼吸，谁能是我病榻前的长情？谁能看我一日差似一日的面容尚能满目爱怜？谁又肯为了我，在同这个残酷的社会做搏杀之后，又回转头来以温柔一面示我？

不不，我不要年轻时就那么狼狈。

今天，急急地去医院检查，原来真的有问题，是心脏。医生大笔一挥：住院，今天。我的眼泪簌地流下，我不肯相信。换一个医院，再查，真的是心脏。

只是诱因，是我真正关心的。我健康爽朗，积极向上，无既往病史，无家族遗传。

医生告诉我，我的心脏问题，是功能性的，不是心脏组织的恶变，通俗点是七情所致，我一下子就懂得了。

只是，罪不在人，却是在己。

这些年，不是没经历过，岁月无情似盖，朝自己正劈下来，让自己错愕不堪，血脉瞬间逆转，只为身边有知己，再有女儿，还有父母，责任与温情都迫在眉睫，把自己救活了。生命中早就没有彷徨失措或是不知何去何从的问题，而自己今时今地的心性与姿态，也不是我不劳而获的运气，而是我自己体能、血汗、智慧、学识并志气等争取回来的。故我一直勉励自己，进步，自重，并不贪图。

我以为，这样的人生准则，会让自己，不说富富贵贵，至少人洁心香。最重要的，我早就以为自己，韧若蒲，不可能假以他人伤害自己的时机。

只是……

今日开始，韬光养晦。

我迫切需要自然自动自醒自悟。一份情何以堪的心灵苦痛与压力，当教会我的，是豁达与坚强，而不是让旧毒迸发，害得我五脏六腑，痛不欲生。

谁说，生命对于无悔于心的人，当是永远漂亮的。

明天开始服药，我会很快好起来。所以今夜，当是无泪。

提醒幸福　　2010.8.2

提醒自己，幸福。

我知道自己的任性，我一直让别人被动地接受我的许多行为。我不好好吃饭，不安稳地睡觉，我半夜上街乱跑，我常常背包一个人走另外一个城市，我偶尔会喝酒至脸通红，我拒绝承担理家的责任……我一直想逃。

我的朋友老强跟我说，看你走得这么多年，真是辛苦。人这一生，上为父母，下为子女。既然命比纸薄，何必心比天高？每论及此，我必会耻笑于他。他不是我，他不明白我究竟为哪般。更仰仗自己的年轻，我以为一切皆有可能。

我以为，花好月圆是必然的结局。

而我的心，我的心脏，竟是经受不起煎熬与等待，早早落下病灶。

我又深深明白，健康于我，是多么重要。我不能再这样下去，我只能穿过暴风雨。那就清浅吧，清浅是福。

在不同的困境中，唯一的出路是寻找解决的良方。我没有别的方法，我只有不停地，提醒自己的幸福。

我的好朋友刘玉萍也说，我的幸福在于被深深地爱。

总会有人，哄我吃哪怕是一口饭，永远耐心；总会有人，把苦药端放案头，辅以甜食，从不误时；我换下的衣物，会自动跳上晒衣架；我有时跋扈，却从不见恶言相向……

一个五尺男儿的经年尊重与宠溺，是让我提醒自己的幸福。

为着我的健康，我要天天记得提醒自己的幸福。并为此，做相应的努力，一起吃饭，一起上街看川流的人群，不拒绝被牵握，低低地笑，并诚恳地问：这么多年，我是否经常让你有

一○一○年

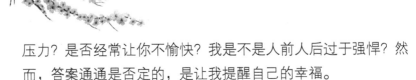

压力？是否经常让你不愉快？我是不是人前人后过于强悍？然而，答案通通是否定的，是让我提醒自己的幸福。

提醒自己的幸福，不让自己就这样衰竭，我知道这种手段有些不公平。但是，我在做，天在看，我只是让自己学会成全，成全情事永远殊途同归。

如　果　　2010.8.13

一个人，如果一直流浪，那是因为他想停止流浪。

一个人，如果一直梦想，那是因为他想飞向现实。

一个人，如果一直微笑，那是因为他想锁住悲伤。

一个人，如果一直沉默，那是因为他想固守灵魂。

一个人，如果一直回望，那是因为他想超越挣扎。

亲爱的，亲爱的我的爱人。

我一直流浪，流浪在时间的荒野上，任灵魂如风，颠沛流离。你明白，我害怕孤独，可是我，执著地选择流浪，因为我相信，过尽千帆，流浪的心上，才会绽放恒久不落的花。

我一直梦想，梦想在城市的纷繁里，凭诗心若兰，香馥幽幽。我的梦想，在你之前，遥遥也摇摇，容我说一声谢谢，我已然相信，飞翔远离现实，是我半生的脚步。超越平凡，注定漂泊，所有梦想会开花。

我一直微笑，微笑在逼人的风霜中，看潮起潮落，净似月明。不要问，微笑何以带泪。让我执你的手，告诉你，怎么样的悲，才能铸就我这样不变的微笑。

我一直沉默，沉默在鎏金的盛世里。有一个不老的传说，在我的沉默里，与我动人地相望，那是我力量的源泉，让我固守传说，此生此世。传说，不待来世，已是花好月儿圆。

我一直回望，回望在无涯的记忆里，让往事纷飞，梦魇如昨。不去挣扎，不去害怕。有情岁月，总会超越无限回望的日子，含笑而来。

殇七夕　2010.8.16

传说中，七夕一定会下雨，那是牛郎和织女见面时落的泪。

含笑埋葬，半生好梦，我很快乐。

放在心上的爱情，不必非得通过俗世获得欢愉。更无须念念含恨，只需怀爱踽踽，日子会好过。

一生最爱纳兰词　2010.8.16

纳兰词是我一直不敢读的文字，书橱里也没有纳兰的空间。我太容易沉浸，纳兰的漫溢愁心是我不想沾染的苦汁。我偶尔会偷瞄几眼，濯濯风采却孤独似秋水。

"握手西风泪不干，年来多在别离间。"

一本纳兰词，是我斗胆索来的七夕礼物。

心站得远远的，以情外之人的眼看纳兰，不染清愁，不沾情恶，鼓励自己好好生活。

和豆子一起走过　2010.8.19

豆子暑期书法培训班结束了。

豆子没正儿八经上过幼儿园，没有上过学前班，上一年级之前没拿过笔写字。四周岁多的小人儿，我把她塞进一年级。

不是拔苗助长，只是觉得我当年也是四周岁多上一年级，还不是顺顺当当念出来了。

豆子刚上一年级那会儿，我每天披星戴月上班，接送全靠爷爷，可是爷爷不识字，连抄黑板上布置的作业都要求助于其他的家长。好在豆子三分聪颖，很快学会照葫芦画瓢，每天乱树枝似的把作业任务抄回家，我看到的是脏兮兮的作业本……

从来不多过问豆子的学习，所以常常有意外惊喜。惊讶于她怎么一下子就会了那么多字，那么些数学题目，那么多课内外知识，还有从来就不低的考试分数……

只是豆子的字，一直大如斗，且不够稳当。

于是给她报书法班。

隔天一次的书法课，我不忙的时候总是会从头至尾地陪着，一笔一画间，三个小时过得飞快。我陪着豆子，她当然更快乐，我也安宁。

课间有半个多小时的休息，我总是会跟书法班的小朋友打乒乓球，我的九流水平，在那儿却是老大。有孩子问：阿姨，你训练过吧？我当然是没有学过。于是他们就不太甘心地说：居然跟我们一样是自学成才！我那时的快乐和骄傲，是真的溢于言表的。呵呵。

回家以后，我会跟豆子一起写字，她常常说：妈妈，你做我写字的导师好不好？常常看到她一手一脸的墨，可爱得不得了。

转眼，一期培训就结束了。

最后一次陪她去培训中心，又跟那帮孩子打乒乓球。最后的告别语：阿姨，下一期培训班还来打球不？我笑着点头。

在孩子们中间，挥洒无边而真实的美丽。

犹忆当年春衫薄　　2010.8.20

一番周折，帮小侄办妥县一中借读的手续，他父母的借读费却不能到位。小侄闷闷地坐在我家沙发上，瘦瘦的身子沉默着，我心里一阵难受。我想跟他恳谈，可是无法启口，十年前的我，分明比他更无依且凄苦。

我断断续续地跟他交谈，恍然回到多年以前，那个惶惶恐恐的青涩女孩，怎样一个人在瞬息的巨变中，被迫承担不息的流言和过重的负荷。不说多少心酸的汗和泪，光是在熟悉的人群中挺起胸抬起头走过，对彼时的我，已属艰难，何况我们姐妹二人，穿衣吃饭读书生活，谁能只用不易两个字概括?!

我跟小侄说，你比我幸运，你的天空至少有你的父母在扛，不至于那么无依。小侄开口：姑姑，看看您，我就知道，人只要争气，十年就可以有大变化。

泪水模糊了我的眼，也模糊了我的心。

小时候，我是个爱动气的姑娘。爸爸总会说：人光会生气有什么用，要争气才行。分明是幼时的玩笑话，却在后来这许多年风吹雨打的生活里，成为自己前进的支撑。

年少春衫薄的岁月当然是永远地过去了，赋予我无限的韧性和坚毅，赋予我长存的好的品德，不去与任何人计较得与失，争争气气地过好无多的人间岁月。

写给亲爱的你们　　2010.8.28

不知道怎么会这么幸运，碰到你们这群好少年，慢慢长成这样的好青年。

不知道用什么语言，表达内心的欢喜——你们，开始在人

生路上起航。我的祝福，多得无法说出口。

彼时，你们可爱稚嫩，是我的世界里，满满的风景，我燃烧所有激情相待。

彼时，一颗颗纯善上进的心，一张张疲惫却坚毅的脸，一次次促膝长谈，理解，互爱，成就了我们真真正正的深情厚谊。

彼时，我已常常感叹，能在你们的世界里，抒写下我的名字，我幸运至极，你们是一群那么好那么好的孩子。

成长的路上，有过泪，有过痛。穿过一千个日子，你们已经青春正浓。

含笑注视着你们，一个个走进自己的象牙塔，让青春跟梦想同步起航，我开心又开心。

一场场相聚，看着你们微笑的脸庞，我会幸福。我想把所有叮咛诉尽，但我知道，经历是人生最精彩的获得。那么，让你们经历，让你们梦想，让你们亲历成功、失败、泪水、欢笑、跌倒、爬起。这样的人生，才完满。

当你们成功时，告诉我，分享你们的喜悦，会是我人生最大的欢愉。

当你们遭遇失败时，告诉我，我的人生也跌宕，让我们一起拾起希望，重建如虹自信。

带着我的祝福，挥情天涯。

十 年　　2010.8.30

用十年的光阴，阅尽这一片天的沧海桑田，终于要收拾行囊离开。我把泪意，哽在喉间，却挡不住，滚滚而下的热泪。

十年之前，生活与我，张开它的狰狞的面孔。可是，都过去了。

　　十年来，我不停地告诉自己，用梦想，用爱，装饰自己的人生。

　　一直，一直，用努力和汗水，浇灌自己的梦想；用纯粹和温暖，圆满我的爱情。

　　不说生活的苦，不谈琐事的累。素眉微扬，我的笑容，久久绽放在自己冷冷的天空。也许，只有我自己，能看见自己生命里无尽的光华。因为，只有我自己懂得，每一滴汗水的艰难，每一滴眼泪的心酸。

　　这十年的生活教会我善良、宽容、诚挚、勤奋、热情，是通往梦想的通行证。

　　这十年的生活告诉我，也许，人生真的不能完满，但是我不能否定生命中许多美丽却不能长存的东西。因为倾囊的付出，难免心伤，那么要学会，不怨，不悔。

　　这十年的生活赋予我担当、勇气、直面，这是我人生最大的财富。

　　十年如梦，梦里花落知多少。

　　梦醒时分，抖落心头纷纷雪，一切有待，容我慢慢行来。

猝不及防　　　2010.9.5

　　这一场病，这样猝不及防。
　　就像我的生命中，太多猝不及防的人事。
　　所有猝不及防，我懂得一力承担，身心都一样。

知道的 2010.9.13

我跟我的好朋友范思思逛超市的时候，她挑了一套洗浴用品送给我，我有些讶异。没事干嘛送我这些东西？她麻麻利利地说：你不是要去学校了吗？这些东西天天用得着啊！洗头洗澡不是必须的啊？

我一下子愣住，我是感动的。

也许，我一直在记别人的事，别人的需要，我忘了我自己，我是亏待自己的。

然而，我记得把我放在心里的人，我记得别人对我的每一份好。

我知道徐静心疼我，我知道阿月心疼我，我知道江必胜心疼我。

我知道的。

这些日子 2010.10.2

这些日子，是有些变化的，较之这么多年的光阴。

闲闲地走在热热闹闹的校园，看一张张青春逼人的脸从身旁经过，我会笑，安宁、简单地笑，我是最得风景的那个幸运儿。

小小的梦，终于成真，多么开心。还有不远不近的未来的梦，等着我，含笑奔去。

新的生活，新的人，会有新的腾腾热气。

让我归真，已属毕生难得。

云淡风轻，分明是努力与汗水的别样形式。无欲，所以才会刚毅。

能走过生命最大的伤，才是大女子。

相逢只是在梦中　　2010.10.18

踏实地忙，踏实地辛苦。
纠缠也只在梦中。
爱我的爱人，我爱的宝贝。
午夜的湿发，心灵的休憩。
干净的空气，素净的大道。
美丽的朝与夕，无以言表的喜与悦。
我的单车，我的书，我的梦。
但愿从此经年好景，永若初时明净。

暖　暖　　2010.10.24

这一阵子，真的忙了，真的累了。我无暇听风吟，看雨落。

为自己的选择去忙碌，我知道，这是一种心甘情愿的无悔。所以，我自然是笑。

只是，我要有自己的夜，梳理自己的心。如此时，如此刻。

匆匆赶路的时候，我的远方还在吗?我的爱还在盛开吗?如果不，我所忙何为? 我一路狂奔，不为葬送，却为完满。但求懂得。

我知，我不会老去，因我温情的心，因我穿透的灵魂，世纪的风景，落在我海样的心上。可是亲爱的，我害怕你的老去，害怕你站在卑微的盛世里，惶恐地呼吸。我不再是，你勇

二〇一〇年

敢牵握的温柔。

城市的喧嚣，赋予我异样的宁静。怎样潮水般的十字路口，我只留安然。所有纷繁，在我心里，绽放成干净芬芳的香水百合，我挚爱的美。

走过暖暖的冬，我的春天会如约而至。

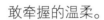
我把春天还给你

等你的天　　2010.10.28

熬夏成秋
梧桐深处流离
雪泥逝
人间天涯千百回
只君阑珊
不惧不忧
等你的天

童星小·录　　2010.11.3

1.当我们已经习惯分离，我们就真的已经分离。

2.如果已经回不到从前，勇敢一点，放手。

3.诺言若与时间相耗，必成谎言。

4.所有的沉默与放弃，不过是对你的成全。

5.不要和一个非同道中人打婚姻或爱情保卫战，其结果必定是，输之惨烈，胜之不武。

6.通话单的"清白"，不过貌似"清白"。

7.如果回忆能够养活爱情，我不会放开你的手。

8.但，失去的，我连怀恋都会吝啬。

9.不因无知而无畏，当是无惧而无忧。

10.韬光养晦，自动求福，做一个了不起的女子。

11.此生，我决意不同你纠缠。如此，我方能无谓地成你心头一生软刺。

12.持我半生风华，比君余岁旭暖。

13.在爱人面前，时时堂正，至关重要。

14.爱情可以忧伤，但不一定非以忧伤结局。爱情可以有伤痕，但一定不能放弃修补的心思。搁置，是爱情的死伤。

15.我不能跟你说爱，但是当你离开，我的呼吸全是痛。

16.如果你想暂时搁置内心因为爱而起的狂痛，就去打麻将吧，这种国粹，让你饱满而麻木。

17.这人生，如果没有缠绕至深的感情和不可推卸的责任作为内心深痛的镇痛剂和安慰剂，如何抗过这一路一波又一波的风霜雪雨。

奔 赴　　2010.11.20

生命中每一场奔赴
都是一种完满人生的方式
我喜欢奔赴　向前　完满
一趟七小时的站票
列车员
布施的大师
裹挟的冷气
午夜的淮南牛肉汤
晨间的雪阳
屋顶的雪迹

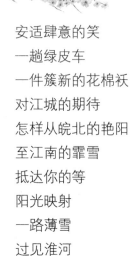

安适肆意的笑

一趟绿皮车

一件簇新的花棉袄

对江城的期待

怎样从皖北的艳阳

至江南的霏雪

抵达你的等

阳光映射

一路薄雪

过见淮河

感念与呼吸同在

红　　2010.11.30

彼时

红裳

白衣

最生动

然

逝

唯帆影若素

又瑰丽

只灼灼

空其华

红衣沾

我仍是你最美丽的女子

此生无见

你说，好好学习。我不依：这是对小学生中学生高中生说
的话。

你笑。

你说，是学生都要好好学习。

我笑。

哪里是你的眉？哪里是你的眼？

一生何见？

此生无见。

二〇一〇年

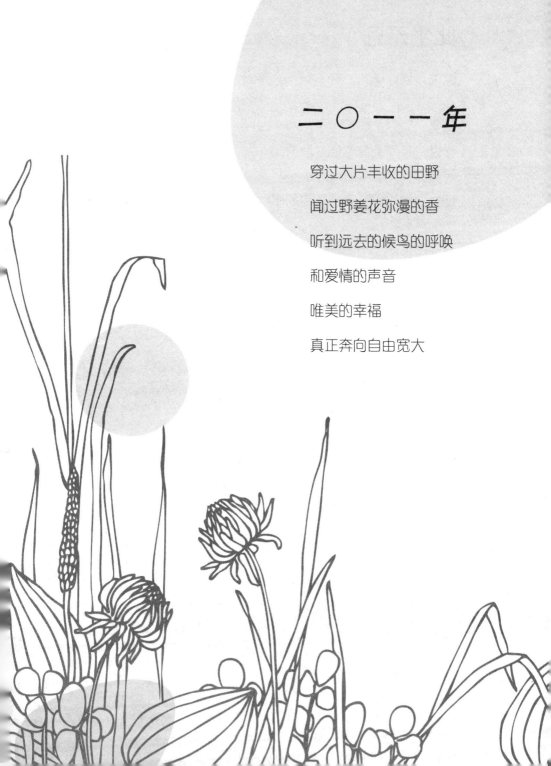

二〇一一年

穿过大片丰收的田野

闻过野姜花弥漫的香

听到远去的候鸟的呼唤

和爱情的声音

唯美的幸福

真正奔向自由宽大

梦未遂　　2011.1.2

梦是未遂的现实。

2011年1月1日。

我新年的大礼无约而至，那些久远的记忆，纷至沓来，喜悦了我整个夜晚。

于是，梦了。无求懂得，无求完满，我的心不怕永远。

记忆是幸福的行囊，记忆是梦的奠基。

行囊里，是恣意，是欢笑，是眉目间数不尽的风情；是清风，是古树，是一起倾听的松涛阵阵。幸福地扬眉。

梦里，依然。一切如昨。缘如昨，情如昨。

现实未遂，梦依旧，方向依旧　　2011.1.11

昏昏沉沉睡了一天，不思考，不行动。只是睡着，睡着，睁眼已是窗外华灯。

很久没有似昨夜，一夜不安眠。这小半年，生活是规律的，按时吃饭，按时睡觉，看书想念，偶尔熬夜，偶尔会朋友，聊天吃饭，一切妥帖安逸。不任性不张扬，不躲闪不激烈，我知道这是貌似健康的生活。

只是少了心与心的交流，似乎有些虚的表达，却是真的思考。交流的缺乏常常让我觉得不甚安全，常常有前方无望的惶恐。不能深思，不能明辨，我害怕这样的日日夜夜。

隆冬午夜的江边，居然吹面不寒，双手拢进口袋，直视江面，谁家今夜扁舟子？何处相思明月楼？在冬的夜里，念《春江花月夜》，我却觉得，妥帖无比。不一样的季节，而心境如一。思念之情，月光之情，我站在现世的夜，却以物外之心，

二〇一一年

流连，不惹尘埃。

我知道我可以，坚持那份纯净。不为人，却为己。

请你告诉我　　　2011.1.13

请你告诉我，怎么抒写难过？

难过是个多么简单的形式，可是我已经不会，用正常的形式去外化了。默默，默默，深刻，独自。

请你告诉我，因为你懂得。

原来我生命中的一切，都是脆弱，容不得我无心的失。我空留一颗坚韧不拔的心，百转千回的坚持。而只有信念，是我的力量。可是生活里的一切，是我信念的支点，而亲情，友情，爱情……我的行囊已然空空，我的信念，怎样支撑？

我一直失望着，失望不过是因为希望。

也许，只有不停付出，才会有形式上的温暖。那我就，付出，心与血，不在谁的心上。

还是笑着，云淡风轻地粲然着。心为捻，血为油。我没有累，我只是寒。温暖地笑着，极地般冷着，并全情出演，我余下半生，冷落的心，热烈地活。

让雪花作证　　　2011.1.18

让雪花作证，我此时宽阔的心怀。

不相期洛城，却视风雪霁。

不登楼对雪，却相倚有思。

峥嵘如画，不道憔悴冬容。

半世厨娘　2011.1.19

在我不止的人生路上，总有人问：你将来，到底想要做什么？我总是飞快响脆地答：我的终极目标，是做一个优秀的家庭主妇。大家是不相信的：你？太浪费啦！我总是笑，心里明白，不浪费，要做一个优秀的主妇，我的水平，还远远不够。上厅堂，下厨房，是我少年时的小梦。呵呵。

岂是洗衣做饭，擦地抹灰，嘘寒问暖，妥帖琐屑就可以？太多润物无声的工作要去做，慢慢渗透的，才是深厚的功力。现时现地，我本身根本不具备很多材质，要慢修。

今天有朋友来家吃饭，很开心。一直过惯了吃东家住西家的居家日子，很少下厨。有这样的机会，自然是难得牛刀小试的窃喜。

上午在家洗洗切切剁剁，轻快地很。狂爱自己居家的样子，谁说系围裙带护袖就大妈样？我觉得漂亮得很。咯咯……

心　雪　2011.1.20

不舍得睡，因为雪。

我想，用掌心盈盈握下纷扬，或者，让满世界的风雪，揽我入它澄澈晶莹的怀，都是极致的美。多看一眼，都会变成无法磨灭的心痕。

只是，归太素，不知归得人心否？

无　题　2011.1.28

让我走一段

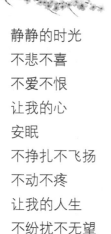

静静的时光

不悲不喜

不爱不恨

让我的心

安眠

不挣扎不飞扬

不动不疼

让我的人生

不纷扰不无望

葱茏岁月只从容

写在年前 　　2011.2.1

不做一个坏脾气的妞。

温和，热情，耐心，微笑。

不失望于现实。

梦想，脚步，童真，欢乐。

不愤懑色彩各异的世俗。

理解，通透，懂得，淡定。

心向内。

仍然坚持，真善美。

仍然鄙视，假丑恶。

不妥协。

微笑的陀螺 　　2011.2.10

夜夜迟归，夜夜疲惫，心里有点急。

家事是具体而繁琐的，过年期间，更是占据了我睡眠以外的分分秒秒。

我是妈妈，我是妻子，我是媳妇，我是大嫂。可我，也是学生，是清晰的自己。

我没有不耐烦，却真的恨时间的局促，恨分身乏术。不能面面俱到，只能轻重缓急。

每一天有新的感动，新的感触，新的感觉，当时当地，我告诉自己，今天，一定要用时间，梳理心的脉络，久了，会遗忘。可是，日日不得空。

像个陀螺，微笑的陀螺，只是心里有点急。

快乐的红包　　2011.2.11

是多年的老友，仓促的正月的半下午，给我发来短信，问在哪里。然后叫我下楼，递过来一个红包：新年快乐！

我狂笑：太搞笑了吧，你。还红包，跟真的一样。

朋友也笑：学生嘛，拿压岁钱，应该的。

……

朋友是忙人，很忙，事业型的。我们一年见不到一面，通不上十次电话，讲不了百句话。支撑我们许多年情义的，还是我青葱时的心神相交。朋友上进，从乡到镇，从镇到县，从县到市，一路向前。我也爱改变，认为变则通。也一路狂奔，一个单位一个单位地换。新天新地新忙，我们总是在深夜的时候，总是一个睡一个醒的时候，想起问候对方。很淡，很深，有九年了。

……

又待续……要去忙了。

二〇一一年

79

流水小账　　2011.2.15

素来不是细致条理的人，懵懂莽撞有些无心有些傻，随意随性十分清朗十分真。

今天，记下十多天的流水小账，提醒自己，繁琐的年事，已经过去，要好好学习了。

安静的腊月，读书习字带豆子，喜欢的。

年尾，开始忙小叔的婚事。购置家具，布置新房，买喜帖接长亲发帖子，置准新郎及一家人新装。有些忙，很渴望有人替我忙。我不懒，可是我不欲置自己于无尽的家事。闷闷地笑。

我建议回老家叔叔家过年，大家同意，终于不用忙着烧年夜饭，得意了。

年初一，一口气拜年，舅舅叔伯姑姑，时间多在车上过，连叙亲情的时间也没有。很晚回家，赶着和朋友喝杯晚茶，一跤摔得很是不轻，郁闷。

年初二，继续拜年，更老一辈的，舅爷爷姑奶奶，又是夜归。

年初三，赶去上海，参加小叔上海的婚宴，一行十几人，意外多多，操不尽的心。

年初四往回赶，怎一个累字了得。

初五，落实家里的酒店婚宴客房。

初六上午，迎接新娘娘家三十人，安排入住，下午婚宴，迎来送往兼司仪，不尽的琐碎……暗暗发誓，如果有来世，我会……我不会……

初七上午，留客送客，又赶着陪新人拜没拜完的年。

初八，很冷，继续陪新人拜年。

我把春天还给你

初九，留守，做饭的妇人。但我偷溜，喜。

初十，奉公婆命，陪新娘新郎爬黄山，吹尽一冬寒风，欲哭无泪。

十一，我的小朋友们来了，难得开怀。

十二，给某人的亲戚幼儿园迁址剪彩尽心力。还是情人节，有花无喜。

十三，新人回沪上班，祝福他们。我也开始有自己的天与地，很好，很好。

美好的日子，又要开始。

何故惹尘埃　　2011.2.16

盈盈一握，指尖的温度，仓促冰冷。谁，错惹尘埃？

或许，不曾有的凝望，不曾有的心动，不曾有的忐忑。

但是，千帆过尽，谁主谁情感的沉浮？好女如冬，包容宽阔，却不敌人间四月天。

或许，生活在路上，爱情在他处。

但是，翻开历史，走进亘古，大情大爱的演绎，改写天与地。不过现世浮华，只垂首，无意争春，不敢争锋，却处处惹尘埃。只为澄澈的眼？只为纯善的心？

风流，风度，风神，风情，风姿，风韵……到底，哪阵风，摇摆了生活的基石，动荡了陈年的积淀，然后，急欲沉沦？谁知空留去意彷徨，心迹双寂寞。

流年若锦，谁是谁拽住的华丽？不言语，却交心，那是传说。君临天下，三千宠爱，不是等待成就的传奇，不必等。

当知，会心不在远，容膝何须多？

元宵节快乐　　2011.2.17

昨天，某人发来短信：广场在猜灯谜，可以去看看，你脑子灵活。我十指乱飞，迅速回复：这种智力活，留给老年大学的叔叔阿姨们，或是少年宫的同学们，尚能以兹鼓励，我无意尽心力。

今天从芜湖返回，在广场下车，旁边果然高高悬挂着耀眼的灯谜，不少路人驻足思考，小女豆子撒手奔去。我急急拉了她回家：回去休息一下，准备一下明天的期末考试。

坐在书桌前，某人又有短信过来：胆结石，打一句唐诗，五字。我回两字：不会。

我不欲思考，因不欲回忆。

某人很倔：不知道吧？粒粒皆辛苦。

粒粒皆辛苦。我的思绪，被拉至久远，拉至怯怯又快乐的童年，拉回默默流年。

夏日的夜，朗月，繁星，竹床，蒲扇。冬天的晨，清霜，暖阳，被窝。爸爸，我，妹妹。

爸爸的肚子里，无穷无尽的故事无穷无尽的谜。夏的夜，妈妈串门聊天，爸爸带着我和妹妹躺在竹床上，一个一个谜，猜字猜物猜成语……我和妹妹或冥思苦想，或豁然开朗；冬天的早晨，妈妈准备早饭，我们三人窝在被窝里，也是听故事猜谜，我和妹妹或拍手展笑颜，或因想不出答案而懊恼，然后在妈妈的再三催促中快快起床，一边缠着爸爸讲谜底。

妹妹清脆的笑，总是也让我觉得快乐无比。虽然，那时在聪慧飞扬的妹妹身边，我一直低到有些怯。

谁说，希望支柱生活？爸爸的话。

谁说，谁戳天一个大洞，谁就要有勇气去补上？爸爸的话。

　　谁说，韩信能忍胯下辱，我怕什么？……爸爸的话。

　　许多身心漂泊的日子，关于爸爸的记忆，在我的脑海里，生生不息，我抗拒，又迎接。性格改变了人的轨迹，处境左右了人的行为。沪上曹安十里，乱飞花。繁华之上，再生繁华。我选择，不复记忆。

　　只是，以往每个元宵节，这个元宵节，因为提起，因为忆起。纵季节不是，我们也不是。悠长岁月，却已熏寒香，也许，它是感情的冷藏室，底色其实是素朴。

初醒的梦　　2011.3.3

　　不眠的夜，夜夜前来。我拊手问心，可又靡靡不得，是故如此？没有。许多年，不欲不求。默默向前，只为人生若梦，不欲负。又问，那么为滚滚逝去？不。从来不肯回望，新天新地，自在弹指间。

　　黑夜暗暗，我一颗良然的心，三尺素床，承载我一直最真实的宁静，怎欲无眠？笨笨的女子，数着一只又一只羊儿，带不进碧草齐天的梦。

　　那么，为赋新词？不，不。秋已过，心不愁。分明春来，将飞红万点入眼。

　　辗转之后又辗转，总是浅浅的梦。总是，碎了的，不能粘贴不能回忆的片段。而这一夜，我紧拽梦中物，悠悠转醒。草莓，笑。凝望，笑。飞奔，笑。执手，笑。温润的泪。

　　原来，是从前，不能安息，在意念里，生生不息。

　　许多年前，踏过流年，细思忖，也不过片段，只是，声声入耳，字字留心。

二〇一一年

83

你是我的姑娘。

鸡皮鹤发，唇摇齿落……

怔怔的夜，我留在初醒的梦里。

节日快乐 2011.3.8

节日快乐，问候我的朋友们！

这么多年的人世穿梭，风雨兼程。再回首，一串温馨的面孔。在这个特别的日子里，感动和喟叹装满心间，因为那么多温暖的名字和脸孔。我的朋友们，我人生最大的财富。

最初的友谊，是思思和王婧，豆蔻年华的时光，一直一直，到今天。然后是爱如空气，特别的特别的心神相通。再出来读书，师范学校的好姐妹，心的距离一直近近的，不语却懂得，这么多年。

又工作，新的滚滚人流，我又是个幸运儿，抓住了仓促岁月中的永恒，收获的友谊，千金不换。然后，一个单位，又一个单位，再一个单位，离开时，友谊的囊袋，值得我眉开眼笑。

作为一个社会人，很难得，又逢至交。潦草的社会，不潦草的收成。

一边敲打键盘，一边微笑。熟悉的样子，心里的名字。谁在我无助时给予鼓励的眼神？谁在我遭遇岁月寒流时给予我温暖的慰藉？谁在我欲举步又踌躇时给予我感动的力量？

我愚且钝，但我有知。

这个日子，问候亲爱的朋友们，好好爱自己。

我是你的自己人　　2011.4.11

很高兴，我是你的自己人。

自己人了，那么不要熬夜，不要任性，不要喝酒，好好吃饭，好好睡觉。对的，不是自己人，我才喝酒，我才沉默，我才好好好，对对对，我才笑得大同小异。

自己人了，我要先顾着甲乙丙丁戊等等。你是后方，不着急。其实，我是不稳定的后方，会起火的那种。

我有些倔，不，我有些坚持。我认为，自己人才应该是第一位。厚重的一定压箱底？不不不，厚重的应该是蓝天白云下的从容。

生理年龄成熟了，但我不会在社会年龄上象征性的成熟，我从来不崇拜纸老虎。虽然在往前的道路上，我也许会画地为牢。但我不装，我觉得，这是小小的美德。

自己人，才应该冷暖上心吧；自己人，才应该全情全心。取悦天下？不过折杀自己。取悦自己人，才是精彩呢。那种心胸和气度，才是难得吧？几人肯这样用心？真正的宽阔，是对自我明白无误的驾驭，而不是长袖飞舞。绝交和至交的距离，很少有人有勇气迈进。

我承认，一种狭隘源于自己的固执。也许，是固守。

至少还有你　　2011.4.15

如果，全世界我都可以放弃，至少还有你值得我去珍惜。也许，全世界我也可以忘记，只是不愿意失去你的消息。恨不得，一夜白了头，永不分离。

　　　　　　　　　　　　　　　　　　　——题记

闷闷的夜，给自己放一个假，放下要做的该做的，让思想游走。朦胧月，朦胧心。

这些日子奔波的辛苦，历历心上。好多个夜，在全速驰驶的出租车上，我突然地怕，多么不保险的路途，一个闪失，我会消失在滚滚红尘。那么会有谁，听到噩耗时，熙熙攘攘中蹲下身子蒙脸大哭？

对于自己的选择，从来不曾犹疑，一直勉力而行。如果我不为自己的心去努力，我为什么要走这人世一遭？

也有好多个日子，穿梭在人流车流里，突然觉得感动，对很多人很多生存方式的感动。于是告诉自己，已经开始起步，不要害怕走不远。

春天让幸福的人更觉幸福，让悲伤的人更易悲伤。我在幸福与悲伤之间摇摆，雀跃于花开的盛容，却害怕雨落花尽，一直拒绝错过。

豆子说：妈妈，毕业后回到一小来教书好不好？

妈妈轻柔地笑，还回得去吗？妈妈在远一点的地方等你。

我知道，我最大的财富，是我收获的友情。在我的生命里，无离无弃。以一种最大的包容，陪我走着四季，不论荣辱。这半生，唯这份付出，得所。

你肯问我十年早安吗？   2011.4.18

是一对相爱不相守的恋人的故事。

女人说着两人之间的种种，分分合合，哭哭笑笑。女人说，常常还想着，就放手了，忍过分手后的相思，忍过之后的阵痛期，也许就解脱了。可是，最终又回到他身边。

我忍不住问：你们，多久了？

差不多十年吧，女人说。

我有些震惊，十年？

女人点头：是的。许多次，我都沉默了。就这样算了吧，十年，足够我从青丝到白头。我原来是多么活泼无忧的人，可是现在你看，我过得并不年轻。只是你知道吗？每一次我沉默了，受伤了，他不管不顾地在我上班的路上找我、在我家楼下等我、打电话、发信息，我于是，不忍倔强。还有，从某种程度上来说，我佩服他，十年不是一个短的时间段，但是，他从未间断过每天早上给我的三个字：早上好。或者更多一点的内容，即使我不搭理他的日子。

我的心，一下子疼得发紧。

我问：那为什么不选择在一起？

女人笑，在一起或许就没这么爱了吧？又说，小童，我宁愿从未动心过。

我无法诠释他们，因为无法诠释爱情。我以为，爱，必倾心，倾情。却明白，深情深痛，便至不忍。

只是，总要有一个人在坚持。

那些过去的片段　　2011.5.2

之一

生活的颜色，到底是什么？

不愿是灰色，希望是彩色，五彩斑斓。

日子是否真的要这样过？

我不愿跌坐，努力一些，用功一些，我希望，增长的不仅仅是年龄，还有智慧。

学历并不重要，美丽也不是那么必要，但一定要有学习的状态、美丽的心情。

昨天喝了一点儿酒……那样难看的脸色，那样难堪的处境，怎么我会不动声色？是啊，生活会磨平一个人吧？可是我如何也学不来，那样不顾情面地去对待一个人。

一路绝望，生的绝望。

生活里，一定要有爱情吧？即使看不出来，心里也一定要有，那样，人会宽容一些，会明丽一些，也更快乐一些。

之二
这几天都不快乐，沉重晦涩。

想念爸爸、妈妈、妹妹，手机不在，无法联系。

镜中那张脸，呆板地叫自己生厌，是的啊，百无一用。

想念，不，是渴望有一大段假，用来旅行、打工、交友，或者是去经营自己的爱情，好过这样的灰色。

好好学习，天天向上，好过没有梦想。我的梦想，做一个优秀的学生和社会人。

之三
拐角处的那张笑脸。

生命的希望。

如一盏灯，让我觉得生有可望。

日复一日，我终于沉默了。

这个世界，远不如想象中的那般真挚逸然，也许跌坐在现实的山坡中，才是世界真实应有的颜色，也许只有那样，才会感觉被理解、被温暖。

我想飞，飞过文明世俗，随心地过简单快乐的日子。

不必日日锦食无忧，只要千山万水。

之四

一种惶恐攫住我的心灵许多天了。

我不知道今夜我是否又要面对过往的一切。

我微笑着，我深信人生的精彩有许多处，所以要勇敢地面对许多问题，无论今夜是怎样的狂风暴雨，明天依旧崭新。太多的明天等我争取，不能沉湎于今天的伤痛，舔干伤口，女儿要自强。

相信自己是肯吃苦，能受罪，可以吞下委屈和伤心的人，相信走过今天，会有明天的太阳。学会承受，在没有破茧为蝶的时候。

之五

如果一切真的已经过去，为什么我的心头没有些许喜悦与释然？

有一根绳索，有一条链锁，永远是蓄势待发的吧？

之六

今天好孤独，笑容也寂寞。

我知道我没有了自我。

家庭很重要，和谐是关键。

所以，闭上眼睛睡一觉，这样才能安定和谐。

不管快不快乐。

小时候便这样，渴望和平，没有战争，觉得那样才温暖。

长大了，还是喜欢温暖，几次透心凉之后，我明白了我的一生，其实只不过是一部别人看不出的悲剧而已。

为了一派升平，为了风平浪静，只能微笑，只能沉默。

潜气内转，是杜甫一生的气蕴所在，我很能理解与体会。

希望三十岁，是人生的转折。

长风破浪，直挂云帆。

祝我的女儿，快乐健康。

五月的痕　　2011.5.3

走的时候，豆子的眼泪直掉：我不让妈妈走……许多时候，我戏称此为"鳄鱼的眼泪"。今天，我到底没忍住，也落泪。常常这个时候，真的想过，不走了，做单一温柔也智慧的妈妈，但是我知道，那样的结果不一定完满，是不能期望的。于是硬起喉咙，留下背影。我知道豆子能学会很多，在妈妈的眼泪和步伐里。

就这样，五月天，进，然后，尽。

写过五月的天空，自己没有存稿，似乎写一些心痕，深的，伤的，不复记忆的，却抵死不忘的。一句熟语：

心里有座坟，葬着未亡人。

对自己说　　2011.5.11

对自己说：坚忍。

我所拥有的，太多人一世都不会有。我用真诚，即使换不来所有真诚，但至少有一份至真至诚，深握掌心，已经富足，不要失望。

对自己说：宽厚。

善待身边人，是自己多年的准则，不是别人要求的。所以，不要期待别人也一样待你。快乐一点，不要失望。

对自己说：坚持。

没有比脚更长的路，没有比人更高的天。所有的困难，都会过去。一件一件，轻重缓急，都会过去，更好的会在后面。不急，不躁，不要失望。

　　对自己说：开拓。

　　今天，或许正在损失一些。但是，真的只是可以量化的损失，不算什么。具备开拓的勇气，培养开拓的能力，帮助自己走过心理的瓶颈。开阔的视野，开阔的胸襟，成就开阔的人生。

　　对自己说：冷静。

　　一直就是：成全，成全，谦让，谦让，直至自己太多被动。若欲成事，不妨理直气和地据理微争。聪明人济济满世，我就是个死有余辜的冤大头。我不介意许多事，但我介意黑白混淆。

趟过青春的伤　　2011.5.13

来去默默
是我仓惶的逃离
黑夜暗暗
予我自动求复的勇气
明了通透
仍然内伤
厚重的付出
不敌锱铢俗世
我懂
我知道
哪怕分毫

但我无语

不辩不驳

无责无难

让自己接受

人性的最弱

落落晴川　　2011.5.14

分明是，别样晴川。但是，武陵深处，陪我走完整个查济和桃花潭的，是落落的心。我默默地问自己，是不是自己缺乏一双探索的眼？那么多人说，查济是个好地方，查济是个好地方呀。我很羞愧，每一趟来，我只觉深深寂寞。破败，颓然，沧桑，我想象不出背后曾经的辉煌。我步步顿顿，偶尔仰首，踏着别人的脚步，倾听路人的喟叹。也许这样，我对这个地方的认识，也可以更深刻一些？然而不得。我愈加羞惭，仍然落落。只是潺潺流水，让我觉得喧嚣中的生命在流动，只是满地黄花，提醒我最真实的过往：这片世界我曾经来过。我说，我更愿意，在黄昏到这里，一个人缓缓地且行且止。同行殷君笑我，最美不过夕阳？我暗自摇头，不不，这里分明应当闲适安逸，哪堪纷至沓来的惊扰？

庄严肃穆的祠堂里，我懊恼着自己对历史的生涩不通，然而，"阳明学说传承"几个大字亮了我的眼。"心学"宗师王阳明的"知行合一"、"致良知"、"心即理"分明是我许多年读书生活的追求。此心光明，亦复何言？

原来这废墟绵延的背后，真的太多我不能抵达的精深。

山路悠悠，不尽的仓惶离索心绪，查济又只残缺在心中。

桃花潭水，踏歌岸上，我找不到记忆中执手的春天。"千里潭光九里烟，桃花如雨柳如棉。"雨落桃花，依旧笑。几时，我曾是对岸款款走来的女子，盈盈地笑，桃红的脸，醉了谁的心？几时，亦曾娴静船头，衬托四周青山，美如仙子？恍恍惚惚中，我成了落了单的人儿，久久坐在对岸，等一支长篙，渡我抵达汪伦的歌声里。想起我曾问：何时共泛春溪月？断岸垂杨一叶舟。初夏直射的阳光，眼中升腾的雾气，不欲抬头。

柳拂桥说，要交作业的。我就想，我没有才思，有的是情意。

雨，骤然砸下，湿了晴川、彩虹桥，我们得以到彼此心上瞧一瞧，不再寂寞地微笑。泾县，南陵。

母爱的味道　　2011.5.14

跟豆子一起去吃肯德基，看着她点的东西就剩一个鸡腿了，我问：还想要什么，妈妈去点。豆子把鸡腿递到我嘴边：你吃一口我就告诉你。我摇摇头，你吃。豆子一噘嘴，那我不告诉你。我笑，张开嘴象征性地动了动，豆子狡黠地笑了，收回鸡腿边啃边说：我还要母爱的味道。

我愣住，母爱的味道，心就酸了。

因为去年九月份我就出来读书，所以暑假开始我就有意识地培养豆子的生活习惯和学习习惯，豆子比同班同学早了两个学龄入学，虽然她活泼开朗懂事，但是一直不够稳重，我不放心她。暑假的时候，我们一起列计划，起床、锻炼、上兴趣班、学习、娱乐，并遵照执行，充实快乐。我去学校前，又跟豆子一起制作了很多小贴士，她的书桌上贴着：开开心心练书法；电视上贴着：学习日不看电视；梳妆镜上贴着：梳头的时候不大声哭叫……我跟她说，这些都是你自己提醒自己的，也是妈妈每天要跟你说的话，要记住……

我的学校生活虽然不是很忙，但也是周末才能回去。偶尔中间抽空回去一次，总赶在她放学前，尽量去学校接她。每每看见她从教室出来，瘦瘦的肩上挎着硕大的书包，微微凌乱的头发，我的心都会些许地痛，尤其是当她看见我时大眼里绽开的明亮，我更痛。豆子常常说，同学都羡慕她有年轻漂亮温柔的妈妈。我惭愧得要死，我不能每天把豆子也收拾得干干净净、整整齐齐。我每星期走的时候给她准备好的在沙发上的衣服，等我回来的时候，多数原封不动……

有时候会抽空早上送她去学校，豆子就说，妈妈，我最幸福的时候就是二年级的时候，每天跟妈妈一起上学放学。又问，妈妈，等你毕业了，再回一小教书好吗？

每个星期，我会评豆子的日记，好的句子画红线，加五角星，并加评语，也给豆子写大段大段的留言，因为许多时候，我夜半赶回家，她已入睡，早上匆匆忙忙赶去学校，来不及说许多话。

我一直觉得，生活上不能亲力亲为地照顾她，思想上要好好地沟通，让自己站在她的高度，同她一起简单地快乐、悲伤、成长。

而豆子，要母爱的味道。

豆子喜欢在电脑上看到我的文字，有一种惊异的艳美。那么就在电脑上，妈妈要对豆子说：我会努力，常常回家，挤在你旁边睡，常常陪你吃早餐，牵你的手去学校。一路上，听你的声音：妈妈，我跟你说……

希望这些，都让豆子感觉到，母爱的味道。

默默端午　　2011.6.6

无法凝练自己内心的时候，是自己不能表达的时候。沉默的时候，是千言万语的时候。

关于人生与人性，关于爱情与生活，更宽宏的认识与把握。默默，默默。

听一首歌，记一句话。

若不是还想着再回到你身旁，早就对命运投降。

别让情两难，别把梦锁上。

相信美好　　2011.6.8

我抵死相信一切美好。

一位我一直认为挺慧秀的女子，一遍遍地跟我重复：反正我认为，有钱就可以买到幸福，这是一定的。

我愕然之外，竟有些嗫嚅，因为自己不善辩之外还不善立论。可是我知道，我是不认为有钱就可以买到幸福的。

许多美好的东西，独立存在着。许多幸福，独立在金钱之外。

不能否认金钱对我们生活的支撑，但是更不能将其唯一化。

我笨笨的，我不会讲很多观点句，自然也不会罗列事实寻章摘句表达自己的观点。但是我知道，有一种关于真善美的信念，深植在自己的心中，陪伴自己一路往前。

只有相信，才会美好。

诗意地活着 2011.6.18

人可以诗意地活着。

很久没有什么话可以直抵我心，觉得自己已经无比宽达，至无从表达。然后，你跟我说，来到这世界，却不与这世界计较。阐述我从头至尾的执著，从不与这世界计较。

活着，繁复的生活，诗意的心。

某日，我说，倘使我以卖菜营生，我也要立意做一个青菜西施。以别样干净的姿态，清清静静在一元一角的纷争中。一堆红红绿绿中的微笑，足以对抗万丈红尘。

喜欢在现实里，摇开朵朵羞涩的花。

我的老师就说我，你是个浪漫的人。

我就笑：生活，是多么苦心的一件事，不能，不欲，不忍。如果不能常常笑，为春风夏荷，为秋露冬雪，为一个眼波，为一种风神。如果小小的日子，不能恣意地喜。如果不能，怎样的叹息。

常常想，人生最悲凉的事莫过于没有下辈子。你，我，我们，没有下辈子。所以，我急急地，哪怕是揪一丛狗尾巴草给你，这样的情怀，也是一种诗意。

平凡的妇人，平凡的心。

多雨的季节，常常踩着水走路，啪嗒啪嗒地喜，眉目间。千万条路的艰难，在眼前身后，容我慢慢行来，即使披荆斩棘，不成正果，又如何？阅尽心间盛华，放弃已是一种开拓。

老师说：道，平常道。我不害怕跃起之后的回落，别有一种力量的丰盈与美。

夏 殇　　2011.7.18

南陵是一座热闹的城，喧嚣的背后，却是无法让我安然。我的骨血无法与我的城相溶，因为一路狂奔，我已经变了我的心。我忧虑我的城。

七月的雨，格外得我悦纳，使我纠缠的心，微微沉静。一段苦痛的心灵历程。苦痛中，我不停地否定自己，又不断在苦痛中寻找自己。渐渐认识自己，在生存中的随遇而安，在生活中的耿耿坚持。

某日，Z君同我说，这样辛苦地坚持，可是为报答徐静知遇之恩？我哽住。知遇之恩，这一生，莽莽的我，竟真的没有错过，友情的爱情的。这样的丰硕，亦是极大的不易了吧？

自己是了解自己的，一种硬气，骨子里特别知道自己的方向，很坚持。这种硬气，很多时候是可进可退可软可硬的。或许不能说在许多时候能四两拨千斤，但这力量是在心里延续的。因为背后的目光，从未远去。所以我，有恃无恐地跌，知道会有人扶。

有时候，也被一些小小的事尖尖地刺着，疼到不能语。小小的那些被辜负的诺，也是我不肯启齿的痛。但是我亦不忘告诉自己，恒久的忍耐是不可多得的美德，把生活丰富成一种忍耐的美德。

草草的夏季，草草的心。

最美的姿态　　2011.7.24

就这样浓的夏，半日闲。我是一个地道的妇人，花布睡衣，轻挽的发，收拾，整理，思考，微笑，我觉得内心透明。

一〇一一年

97

我始终认为，一个女子最美的时候，是在家中，恣意开放的美丽。而我，长时间流浪在途中，鲜明的足迹，因而埋葬自己太多美好。

收拾家居，同时收拾自己这一段心灵的历史，清醒，所以明确。要，或是不要，心里有了分分明明的答案。人生，我从不渴求成就，成就可以用来填补一个人的理性和意志，而我需要感情和生命的真实性。身在哪，住在哪，对我来说不那么重要，一生住别人的房，睡别人睡过的床，我不那么介意。我们本来，什么也带不走。我需要保全自由，来去自由，就这样。建构生活的元素，其实很简单，根本不必非要城市提供的丰富功能。

喜欢行走，一切陌生的土地都令我安静。但是不喜欢旅游，尤其是很多人。拉帮结派，喧嚣娱乐，心与心的距离却是老远，留下一堆空易拉罐和塑料袋的垃圾，满足而归。然后用语言描述心灵一路的见闻，更加凸显心灵的苍浅。这让我感觉，这种旅游所彰显的，是人类并不需要大自然，在其中也一无所获。只是因为生活安逸富足，如此而已。

一路行走，一路建立新的信仰，这是一个艰苦的过程，这个过程，让我流许多汗和泪，而对生命过深地执著和坚持，却意外凝聚了我的灵魂。我知道我在进步，在构建自己生命意义的过程中。俗世的幸福，从不能令我觉得理所当然，不过是恒久的忍耐，画地为牢。

我在瞬间燃烧，长久荒芜，但是到底花好月儿圆。

心 音　　2011.7.30

我当如何同你诉说

在这烈日里

诉说我久远的梦里的藤萝

夏荷恋恋

沉淀我们的景致经年

我爱

我当如何同你诉说

在这暗幽的夜

诉说我蔓藤纠缠的心房

暖风靡靡

轻歌曼曼

我爱

我无法同你诉说

这一颗平凡的却又丰富的

妇人的心

有一天也许海枯石烂

我是否依然是你藤园中的鲜花

我的家庭生活　　　2011.7.30

　　大抵我这样的女子，长时间在途中，精彩纷呈的样子，为着识人做事，孜孜以求。家庭生活难免疏离，让人感觉一种不踏实的游离。不多的待在家里的时候，刚把豆子揽进怀里，还没开始进入我预设的交流的浅层次境界，必有俗事相扰，叹口气，应付去了。最重要的人，永远放在最深处。豆子常常问：妈妈，你的事怎么那么多？或者：妈妈，你怎么有那么多朋友？然后又自顾自回答：我知道，妈妈人好，人缘好，大家都喜欢。我必喜上眉梢，有求必应。

今天，是我这个暑假第二次休息，我决意要赖在床上很久很久。清晨恼人的电话，我仍然把自己扔回床上，闭着眼睛想着。豆子静静推门进来，躺在我身边。悄悄抓住我的手，我微微用力回握，睁眼：进妈妈的被窝？豆子亲亲我的眉：妈妈，你知道我这个暑假最大的愿望是什么吗？我自然是不知道的。豆子就说，是跟妈妈一起去跑步游泳。哦，可爱的豆子。去年暑假，我们就是这样过的。我回她：可是你马上就要去上海呀！豆子想了想，没再吭声。我是惭愧的，即使她不去上海，我也是不能陪她的。

我自己也不知道，我在忙些什么。

回　　　2011.8.3

很疲倦的身体，很清醒的神经。我要回家伴我的宝贝豆子。到南陵了，打电话回家，才知道豆子下午去了上海。突然觉得无依得很，坐在小区外花坛上，大哭不止。早上走的时候，还被告知今天不去上海的。没有人告诉我豆子走了，十个小时。我打电话去上海，听到豆子的声音，还是哭：为什么走都不跟妈妈说声？到上海也不给妈妈打个电话？豆子怯怯地：对不起，妈妈，我很快回来。

美丽的长裙　　2011.8.4

夏天，就要过完了，我还没为自己买件心爱的长裙，想想总是觉得有些憾憾的。

一直是有着自己钟爱的风格的，只是很少上街，很少逛街，错过一季又一季的美丽。这么些年，有些时候，是一个人不经意地路过街上，就拎了行装回来，更多时候，是跟那样一个人一起，然后问：怎么样？怎么样？好就买了。满心欢喜。

心，懒了。悦己者，己悦者，都不为了。

于是，这一个夏，T恤，短裤。简洁，却不美丽。只是心里到底有着小小的梦，关于美丽的长裙，关于幸福与快乐的记忆。

也找了一个夜，穿梭在服装店，试着一件一件裙，没有长及脚踝的，其实是意兴阑珊吧，黯黯地就回了。

梦由心生。

不　见　　　2011.8.6

花开满枝丫
旧妇罗裙
濡湿的发
午夜良然幸福的心
当越过喧嚣的城
晨与昏
当弃下似锦流年
奔走在无涯的岁月
亲爱的
我们不见
踏越红尘万万年

雨与月　　　2011.8.9

今夜

雨的月
而我
已将半生托付
我亦明了
云与月的追逐
活泼然忧伤
当我
与你温情
若沧海暖玉
我知
海深处
群鸥起
遥远疲倦
我如何让你明白
我的坚持与放弃
我的温柔与热烈
永久地
与此同时

我把春天还给你

苍老的新娘　　2011.8.11

当已苍老
我的眉我的眼我的心
你将如何回忆
我华年的明澈
当我苍老
如此时

102

我爱

我的笑我的泪我的悲与喜

你将如何尘封如何拆启

而我已然老去

在蹁跹蝶舞的季节

在侬侬又侬侬的眸

只是今夜

只是永夜

我是你

苍老的新娘

分　手　　2011.8.16

有时候

分手

是一种绝望的挽留

年轻的恋人们啊

总是倔强地不肯回头

花任其开

水任其流

其实

杳无音讯

才是最好的结局

何必说分手

年轻的恋人们啊

爱情的百转千回中

请一定一定

温柔对待

这样饱含深情的分手

心口相逢的时候

其实

爱在心

口难开

睡　莲　2011.8.21

那一丛

晨间盛绽的莲

温柔羞涩热烈

我不忍摘的美

搅动我宁静的魂

步步回回

谁又能知晓

满脸光华

不过是

一番心思一帘梦

谁又许我

余生妖娆

装点我

爬满皱纹的脸

最后的告别　2011.8.24

如果

有真正幸福的离别

我好想微笑着走向无涯

此后经年

不要为我思念或者落泪

花开年年

我一样年轻一样微笑

我的世界

没有岁月没有苍老

滋养我

有恒久的爱

岁月流逝

我害怕离别的寂寥

纵使一日

我们仍会相叙

最好的爱是成全

成全你去寻找你的快乐

而今后

我永为繁星为你明

而今后

我不在天涯

我在你身边

朝开暮落

祭奠那些一生中最热烈的时光

二〇一一年

你和我　　2011.8.26

谁将思念揉碎

成支离

串不成旖旎的梦

谁将清眉深锁

似凉月

拢不起完满的夜

梦里梦外

月光长若水

花香满月夜

而当执手

容我用化石般的恒心

抒写一段传奇

传奇的名字

叫你和我

车　记　　2011.8.27

实在是不太爱开车的，固执地以为那是一种粗粗的活，男人干的。很多年来，别人开车，我坐在旁边，眼睛都不会瞟一下别人是怎么开车的。回想起来，也不知道如何就跑去学的。可能是去年那一年，我太闲了，跟了一把风。

没有悬念的考了科目一。（那个车管所叔叔很担心我考不过的样子，一直在我身后A、B、C念叨着。）

就要上车了。

我的胆子很大，第一次去摸车，是上午，我的衣冠倒是得体，运动服运动鞋，结果教练说感觉一下档就回家，我瞅了瞅十几二十个人，没耐心去弄明白什么叫档位，哪个是油门哪个是刹车哪个是离合器，给黑教练发个短信息，就跑回家休

106

息了。

结果中午黑教练就给我打来电话，说要带我去练车，我一听不乐意了，听人家说教练带学员练车不愿意开空调的，这大盛暑中午的，我就问了：那有没有空调啊？教练愣了一下然后瓮声瓮气：没有，有暖气。我哧溜下了凉床，蹦出去。教练的黑脸更黑了：谁让你穿拖鞋来上车?！我支吾：忘了。教练倒是很慷慨地下了驾驶座：你来开！我傻眼了，磨磨蹭蹭上去：呃……那个……（我可不敢说上午车子摸都没摸就跑了。）

呼啦一下，318国道爬上来一辆醉蛇般的车，小醉三分钟。好了，教练开始夸我了，车感好。

几个考试就那样优哉游哉过了。（那个，由于我平时路上开车感觉好，所以路考就免试了，直过。你信吗?）

可是当我开自己的小车跑芜南路，刚开始几乎天天被交警捉来教训一顿。

第一天，刚进市区，等红灯，我眼一扫，两个交警正前方忙乎着。我很镇定，一动不动，专心数着红灯秒数。而我看见，一个交警快步走过来。这个交警先生，站在我车旁边，把我看了又看，终于开口了。他说：小姐，把你的临牌给我看下。我只好转头微笑，递过去。他说：你昨天才拿的临牌，跑这么快干嘛?！我一看情况对我很不利，马上说：对不起，我不知道。绿灯，拿牌，走了。此种情况，那个早上，发生两次。

过一天，我卡点去市里上课，我敢担保是一路匀速行驶的。两个警察先生，差不多从半空中跳下来的，因为我根本没看见他们在前方，很专业地叫停我的车，又一大堆很专业的话。总之，我超速了，下车，处理。我赖在车里，不肯下车，很无辜地问：怎么处理啊？警察先生说：罚款100，扣三分。

我飞快地跳下车：什么?！年轻的先生从头到脚扫视我一下，比我声音还大：你还穿拖鞋开车？那我开始笑眯眯又哭兮兮地小声嘟囔：他们说这条路可以跑100多码的，我才不过80码不到……警察先生开始大声说我：100多码，那人家下车都要哭了，还像你这样，笑得出来？……

这样"官兵捉强盗"的游戏时有发生。

那一天，我正小心翼翼地在繁忙的九华山路上穿行，又跳出几个交警，查我的驾驶证，我很痛快地掏出来。喔唷，我暗叫一声不妙，我忘记了，我才把驾照上面的照片撕了，我嫌它丑。果然，要扣我的车了。我极其无奈极其真诚的样子，解释了一下，就在昨天，小女不懂事，撕毁了照片，并掏出照片残骸，背了一溜身份证号，可以走了。

一日日，一天天，我这个原本就不属于都市的农妇，努努力力有声有色地打发着苦闷的悠悠暑假。

一场秋雨一场凉咯！

痴心石 　　2011.8.29

我曾经埋藏
一颗痴心石
在马仁山庄的石缝里
想着
待花好月儿圆的时候
找寻我青春的丈量
可是啊
我怎么找也找不到它
梦里也无痕迹

我把春天还给你

难道

我已经忘记

当年字字珍贵

难道

分携果真难如昨

只留处处萍漂泊

难道

禅心已失人间爱

不曾梦觉

可是分明

踏尽红尘

依旧梦魂中啊

那一夜琐屑 2011.9.26

下了课，已经是晚九时多一点。我匆匆拿了包，我再也无法忍受咽喉的疼痛和发不出声音的痛苦，我要去校医室挂水，唯一的念头。

到校医室，见了女校医，我指指喉咙：我要挂水。秀气的校医说：晚上不挂水。我问：拿药，药有没有？校医显然见怪不怪的样子：只有止痛药，要吗？我冲出校医室，心里愤愤：什么都不能医，晚上开什么门？还好，学校食堂四楼有药店，去买消炎药，明天就会好了。四楼灯火通明，超市什么的，都是热闹非凡，可是，药店关了门，我想哭。安慰自己，不要紧，学校防空洞那边有药店，十点之前都会开门的。发动车子，赶紧。可是啊，热闹的防空洞里，偏偏也是药店关了门的。我坐在车座上，很久不动。怎么办？怎么办？明天，明天还有一天的课，怎么扛？眼泪下来了。

回到寝室，十点。室友帮着找半天，没有消炎药。饿了，忘记了我的晚饭还没吃。阳台上有搁置了很久的土豆，煮土豆汤喝吧！可是，找不到刀子，我就用勺子刮皮，再用勺子将土豆分成不规则的土豆块，开始放电饭煲里煮。然后，趴在电脑上做题目，练习，模拟。我的眼皮，开始打架，撑着。终于有土豆的香味，汤里加一把米面，我要多吃点，长点力气，说不定可以杀死病菌。吃面，烧水，洗澡。意外地在梳妆盒里，发现不知道什么时候买的什么药，长长的一串药名，自然是看不懂的，但是，上面有可治呼吸道感染，估计可以消炎，塞一把，胡乱吞下去，爬上床，已是午夜十二点。

眼睛睁得大大的，平躺在床上，有凉凉的东西顺着眼角滑进耳朵。我明明两手空空来到这世上，并立意会两手空空地走，为什么才三十年不到，我已经像只骆驼？腰椎脊椎颈椎，深夜里仍然隐隐作痛，我从来没有温柔地去对待它们，疼痛长久相伴，还有我常常发作的扁桃体。而我的心脏也是，不堪重荷的时候，会惩罚我的吐纳，让我不得自如。我的身体里，长的不知名的硬块，我亦无意去管它，随它去吧！苦若生命，甜若爱情，我已尝尽。面对一切，我自当淡若微风。而为什么，我还有泪？

只因为，那么多牵绊与信任。父母在，亲友存。

这么累的人生，我执著了这么多年，只为保全我自由的灵魂。可是，没有健康的身体连灵魂也无法安息。

明天，醒了，还要不要笑着走出去？

明天，醒了，还要不要去上课？

明天，醒了，还要不要继续这滚滚红尘？

答案统统是肯定的。

我闭上眼睛，期盼自己快快入睡。

鸡鸣时，尚能跻身江湖，人前拼搏。

我似山风　　　2011.10.3

山风如水
我循你而来
拾级而上
穿越清风古树
抵达你深柔的脉

当山风如水
我穿行在你的血液
步步顿顿
秋叶铺满的阶
湿透我入秋的心

而山风如水
我知
水样的清宁
是我们梦里长久的天堂
我似山风也如水

韶华倾负犹死不悔　　　2011.10.12

　　再不动笔写几个字，我害怕我连心也生了锈。思想没有一刻不是流淌的，可是一切，梗住。生活的困境，面目狰狞，太

二○一一年

多太多事情，堆在眼前。我貌似健康昂扬地生活着，也笑也痴狂。我并不知道，出路在哪里。当生活，当思想，出现困境的时候，当一个人无法克服许多的时候，我知道，要么寻找援手，当找寻无着，生命没有可靠的依托，那么，等，一切也会以自然的方式过去。我有时害怕，一夜白了头。

我想象很多如果，但是我不是一个活在如果里的人。我的如果，要么过于绚丽美好，要么过于真实凄怆，都不是生命本来的颜色，所以我一直在素朴的生活里走最真实向上的路，只为跨越生命里最深刻的那些或卑微或华丽的伤痕。而当选择向上的阶梯之后，忽略了生活的很多细枝末节之后，更现实的、更深的、更清醒的未知与惶惑，让我在微笑之后无助。

已经脱离了灵魂最低处的追逐，不会为了俗世的欢愉去孜孜以求，不会仰息获求小小的名与利，更不会雀跃于得与将得。我只要，安心安静安宁。只要我的父母，老有所养，老有所依。我的家人，健康平安。仅此而已。而我为此，倾韶华，犹死不能悔。然后，我才有我自己、我自己的爱、我自己的心。

在秋阳里　　　2011.10.16

晴粲的秋阳，风过车窗，扬起我的发。从一座城，到另一座城，我有些微微的倦和意念中的闪躲。去哪里？哪里是我愿意的终点？滚滚红尘，哪里是我的三寸天堂？车过小镇，想起有很久以前的朋友，在这里工作。去看看吧，也许，会置换心神？

拨了疏离的号码，朋友在听我犹犹豫豫叫了他一声名字之后，也问：是童星吧？我就笑了，爽朗明快。原来，隔着岁月，被人记得声音，也可以这样喜悦。朋友到马路迎我，远远地，我开始大声笑问：怎么越长越丑？朋友也笑。

朋友夫妇都是教师，住教师宿舍，一楼，有独立小院。朋友远远指过去，一树橙红的柿子，我最喜欢的秋天的颜色。院子里，一小块葱绿，是菜地呢！青葱绿蒜，在柔长的秋风里，格外饱满。女主人为我准备午饭，我围在她身后聒噪，有一种素朴的热情和简约的温暖在我心里。许多年前，当这对夫妇还是一对恋人时，我已经是人妻人母。而我喜欢看见相爱的恋人，在婚姻中幸福。女主人说：惯坏了他，不洗衣，不做饭，不买菜……又说：不过，三个人生活，也真的没很多家事可以忙。我喜欢她宽朗的性格，故而隔着这许多年，我们的谈话，也是自然亲切，不觉突兀。

也说我这么多年不安分的人生。是啊，这样蹦跶，几时才能安定？我唯唯诺诺。其实未出口的话是：此情此景，我愿意立地成佛，却又怕染了虚妄，不敢言。谁肯相信我放弃现世安稳，一路颠沛，只为远处未知的安宁？

朋友的小儿阿宝，穿梭在我们的谈话中，间或逗笑，愈加使整个小院生动起来，我喜欢这种真实与温情漫溢的空气。我微笑告辞，一家三口同我一起出门，女主人说：这样无忧无虑的生活，挺好。我抬头看天，云白天淡。我一直以为自己不欲不求。可是我，并不能自如说出无忧无虑。再浓烈的笑，抵不过一直的愁心微染，我知道这样不好。

车窗外，残阳射，秋山晚，落叶乱，逼下我微微的泪。我抬头，朝着自己的方向直视：不恋人间尘寰，抛却忧烦吟旧卷。伴落日西沉，留满天绚烂。

二〇一一年

幸福在秋天　　2011.10.18

　　刚敲下题目和开头一段文字，小女豆子脑袋凑过来，瞄了一眼：妈妈，幸福在秋天，你要写的有我吗？我摇摇头。豆子鼓鼓腮帮子：妈妈，你总共才写过五篇关于我的。喏，一个是写我在上海的，还有母爱的味道……

　　我细想，是的。噌噌删去前面三言两语，写一写我家的豆子。

　　前几天一中午有空接豆子放学，我直奔她一贯等待爷爷的地方，校传达室。料想豆子一定又跟同学疯玩呢！可是不对，豆子可怜巴巴地坐在角落里，一个人。我上前：怎么啦？吴雨婷（豆子每天的玩伴）呢？豆子嘴角开始两边撇，眼眶红了。我赶紧牵住她：来，我们车上慢慢说。

　　豆子的叙说：妈妈，吴雨婷昨天跟我、汪昕怡、吴止观玩"苦肉计"，说不理我们，不跟我们做好朋友了。我就向汪昕怡、吴止观求情，最后她们都又跟吴雨婷和好了。我今天也想跟她们玩"苦肉计"，说不跟她们做好朋友了。结果，吴雨婷不但没帮我求情，还让她们两个不要理我……

　　豆子的眼泪扑簌簌往下流，哦，小小的豆子，淡淡地受到友情的伤害了。但是我知道，豆子口中的"苦肉计"，用得一定是不妥当的。

　　我转移豆子对此事专注的心神：豆子，妈妈不是很明白你说的"苦肉计"，跟妈妈说说？豆子止住眼泪，但是绕了半天也没说清楚"苦肉计"这个典故。我出主意：我们回去向爸爸求助，爸爸一定会说得很棒！好吗？（我一直固执地认为，树立爸爸在女儿心目中高大的形象很重要。）豆子点头。

　　我开始简单说：豆子昨天替吴雨婷说情，然后大家重归于好。所以今天，以为吴雨婷一定也会为你说情，但是她没有，所以豆子伤心了，是不是？豆子点头，又开始撇嘴。我继续说：我们对别人好了，所以希望别人也对我们好，是不是？豆子又点头。可是若想别人对我们好，我们应该先对别人好才是，但是我们不能要求别人非对我们好是不是？豆子飞快接腔：可是我昨天替她求情了呀！我笑：是的。所以你希望她今天也能为你求情，可是，希望是可以的，不能要求一定对不对？聪慧的豆子，很快又点头：我知道了，妈妈。我对别人好，是我对自己的要求。而别人对我好，是我的希望。希望和要求是不一样的，是不是啊，妈妈？

　　看着豆子认真澄澈的眼神，有女若此，我的微笑，渐渐蔓延。而幸福在秋天，是我在这样的秋日的下午，偷得半日闲，穿过大片丰收的田野，闻过野姜花弥漫的香，听到远去的群鸟的呼唤，听到关于爱情的声音后，内心的关于唯美的一种幸福。是夜，豆子在我的生命里。唯美的幸福，真正奔向自由宽大。

还是秋天　　　2011.10.31

　　一连晴好的日子，应该让一个人的心，甜又甜。而我，总是在心里慌慌地问，该一场又一场的秋雨，躲到哪里去了？

　　一遍又一遍看过秋天的田野，不知怎么，浓浓的孕育味直射到我的心里。丰收和孕育，应该是不同的季节。我颠倒了季节，却有一种埋藏在千万种繁琐之下的期待。

二〇一一年

唯愿我似史湘云　　2011.10.31

　　一个饭局，一群圈子内的人，熟悉的，陌生的。我很安静，也微笑。我总是把自己边缘，好像哪一类都不是，放入哪一类都不那么纯粹。于是，总是倾听、观察、分辨，偶尔添加茶水，催催饭食，落落大方却不落落寡合。一个前辈就说，若以红楼梦里的女子比拟的话，童星当是史湘云，憨。

　　史湘云？"几缕飞云，一湾逝水。富贵又何为？襁褓之间父母违；展眼吊斜晖，湘江水逝楚云飞。"我想我是欢喜的。

　　年幼的时候，小学还有初中，还有后来求学的一些时光，女孩子过于纤细的情感维度，我大抵上总是易落泪的。距离近一点的老师和同学，嘎嘎笑我：怎么就活脱脱一个林妹妹？别人说到没想到的，你想到了，眼泪那么不值钱？直至后来，写了文字好一点的作文在老师那里，拿到班里做范文读的时候，还不忘加一句：童星你是不是读太多琼瑶小说，所以作文里也这么多眼泪和感情？

　　我是不开心的。我不喜欢美则美矣，但是没有力度、孤芳自赏的黛玉，我喜欢心意明媚的人儿。没读熟红楼，我不深解湘云。但是在生活的道路上，我慢慢学会开解自己，远离弱症。人生不能只要幸福，不要苦难；只要欢笑，不要眼泪；只要成功，不要失败。唯其有了苦，才知道甜之可爱。不论怎样在路上跌倒过，我都愿意重新为人，从头做起。至少，自己的天分与努力，从某种程度上能决定自己的际遇。于是，怎样的境地，都能宽朗阔大。入世的姿态，教会我不与这世界计较。不必威威惶惶于顺时之姿，亦不必瑟瑟靡靡于劣时之态。叠埋心水，无欲则刚，这是最釜底抽薪的人生。

　　"湘云是个真正懂爱的人。她珍爱自己的生命，珍爱自己的

我把春天还给你

快乐，珍爱每一个有意义的时刻，珍爱朋友也珍爱亲人。比起红楼女儿的爱情来，她的珍爱显得越发的博大而纯洁。"不知道是谁评的湘云。我说，唯愿似湘云，将笑意和轻松留给他人。

当我归来　　2011.10.31

当我们告别
在浓烈盛夏的晨
我透明的哀伤
在你温柔的目光下
无处放置
我含笑伫立
望你远去的帆影
而我并不知
相叙已无期
当我归来
一袭彩衣
你最爱的大红
翻阅我们的世界
我已知晓
风里云里
芳草白露双凄离
我的心船
抵达不了你的岸
可是亲爱的
你曾写下
从此思念不相离

秋风不相识　　2011.11.7

谁的眸
摇曳含笑
在正午的风里
不期而至的相逢
在季节寂寥的怀里
流年空似锦
你怎样在我眼里
我怎样在你心里
都抵不过
秋风不相识
这最真的真相
漫溢宇宙的黄昏

月　夜　　2011.11.10

夜，已经来了，不能逃离。有浅浅的寒，侵蚀我一贯热烈的脸庞与眼。累吗？烦吗？孤单吗？伤心吗？失望吗？所有负面的情绪，统统是没有的。扪手问心，仍然都是爱、感恩、希望、信心、同情、乐观、忠诚。那么，我心的底色是什么？我不能快意人生？是我自己不肯承认的苍凉与真相。

常常问，这个世界到底还有没有真相？关于真善美，关于假丑恶，到底还有没有一个界限？为什么，粉墨人间的不是真实的美好？为什么美好的只能暗里摇曳绽放？一个孩子给我留言：渐渐发现这个世界太黑暗。我很急，孩子的世界，不要这么早被染上黑暗。我回复：世界是多彩的，黑暗是其中一种，

我把春天还给你

我们要允许并接受。重要的是，我们要成为这个世界上的缤纷，绚烂这个世界。

我被人信任着，我应该觉得幸福。

一遍又一遍地听着歌，仍然是《红尘有你》，仍然是止不住的热泪。默然的爱，是人世间最凄凉的情。不尽的等，就这样白了头。情天恨海。

生活，以一种必然要扛的方式，呈现在我的生命里，这么些年，我苦不堪言。可是我已然长大，我应该一肩担起生活。不，不，我还不够强大，我不想强大。秋叶深红，一年又一年。我用尽一生的力气，创造和等待。半生的笑脸，明亮了自己心空之外的整个世界。可是谁又许我滚滚红尘里不变的诺？

微微闭上我的眼，一切落回我的心中。明日启程未来，用一颗阔大的心，用坚定不移的信仰：不曾辜负，不被辜负。

窗月正浓。

自言自语　　2011.11.28

我要跟自己说一段话，整理自己，勉励自己。并且，由衷地相信自己。诚心善意，总归会有人生的好结果。

这一阵子，老是回忆十年前的那段光阴，直至以后的五年。在陈年的故事里，找寻今天生命的支撑。我以为，我具备遗忘的勇气，敢于过滤掉曾经一次次等同于被凌迟的精神的伤与痛。我相信，繁荣昌盛是必然的结局。

这小小的一段日子，重复往年的一些经过。只不过，我成了一些事情的主角。关于人情，是早已习惯了的脆弱的真实。锦上添花与雪中送炭的距离，早在我年轻一些的时候，渐分泾渭。识人做事，我一向认为自己功力渐深。但是我仍然看得见，向我伸出的有力量的双臂，告诉我不用怕，哪怕一切归零，故我有恃无恐。我认为，我勤奋豁达，年轻是我可以仰仗的资本，一切皆有可能。

人不远虑，必有近忧。

我并不曾害怕。对未来，我尚有许多憧憬。然，我并不幼稚，我知一切不能自天而下。唯有自己一心一力地付出，才会得到岁月丰厚的回赠。

摔伤的腿，有隐隐的钝痛感。我已习惯，伴随着疼痛的恢复与成长，愈显生命的光华。

去留两茫茫　　2011.11.30

她已经准备好行囊，在前一个夜。她意欲等天明，背上她的行囊，重新踏上茫茫红尘路。她说：对不起，对不起，我永远不能达到你对我的要求。那么，现有的、将会有的生活的苦与痛，让我一个人来背。

稳妥的现世，让人害怕。渐渐被湮灭的灵魂的火，让人害怕。为什么，只是为了无忧的日子，要停止向前的脚步？只是为了卑微的现实，要埋葬瑰丽与美好？她不害怕渐行渐远，因为分明一路好风景，她是下了决心的。让灵魂如风，挥情天涯。

可是，昏昏聩聩至天明。没有艳阳天，冬天的雨，开始漫天弥散。她看着亲手整理的行囊，不知道怎么样迈出这一步，不知道身后是怎样的目光。她跌坐在地板上，嘤嘤哭泣。

分明愿意种桑长江边，不管是怎样的不稳妥。

可是罗带同心结未成，江头潮已平，空余去留两茫茫。

心　魂　　2011.12.19

让我诉一曲心魂，在浅浅的夜。

菊浓梅香的日子里，叠起自己活活泼泼的心，埋起自己流转跳跃的眼。我的青春，我的爱，我拽不住的苍凉。我倾情地上演一场场华丽，直至跌碎成粉。

始终是那个最浪漫的现实人儿，刀光剑影的生活里，不曾蒙蔽自己的心，清朗宽阔疏明却幽昧。三生红尘，不能尽然自己的喜与悲。写别人的笑，落自己的泪。

霜色淡如微雪，浓浓雾。我的平凡与跌宕，从五百年前的眸，始沉浮。

平安夜快乐，圣诞快乐　　2011.12.25

如果一个人成熟的标志是不抱怨，不解释。我相信，我已经缓缓长大。

依然是那个大笑微笑的女子。我知我的富足，在我一路向前的途中。我的心是一把筛子，漏去的永远是伤害心灵的那些东西，留住的永远是温暖岁月的那些美好。

这个冬天，一直不觉得那么冷。因为知道，红尘依旧，爱依旧。更因为，我在努力，为红尘、为爱、为自己和生命中的人的明天。

当我驰行在滚滚车流中，当我穿梭于街口与人群中，我的眼眶我的心，无数次温润。南陵这座城，我梦想开始的地方，我勉力耕耘的地方。太多次山重水复，太多次柳暗花明。我的前面永远有一盏灯，牵引我的方向，我的身后永远有一只推手，送我至更远的远方。我的苦、我的累、我的忍与恕、我的

二〇一一年

121

汗水、我的眼泪，犹然浅淡；我的等待与值得、我的希望与执著、我的温暖与幸福，犹然深隽。

自由的呼吸，保全我思想一往无前的方向；自由的灵魂，保全我勇敢飞翔的心；自由的身体，保全我向前披荆斩棘的脚步。常常觉得幸福，为这瑰丽无双的自由。而为保全我的自由，我倾尽所有心与血。只为韶华尽头，执手漫步夕阳下，比肩伫立霞影中。

二〇一二年

路花盛绽

色彩纷呈

暗夜也妖娆

其言切切

珍惜　珍惜

祝福2012　　2012.1.1

　　一段时间以来，我将自己归类于社会闲杂人等，因为不纯粹的身份。教师？学生？兼职人员？都不够准确。我奔走在生活的许多层面，而不能准确定位自己。

　　我默默喜欢不确定的人生。哪一种环境中，我似乎都是那个不主要的、闲散的、淡淡的人儿，我喜欢自己这样的处境。生活里，怎么样都行，但是我明白自己的骨子里特别知道自己的方向，很坚持。也许，这种坚持，仅仅是一种硬气。但我的硬气，是可进可退可软可硬的。这种硬气，许多时候或许不能四两拨千斤，但这力量会是在我心里一直延续的。

　　旧的一年，过得有些不着边际，偏离表面上的主题。其实不然，我越来越接近自己关于未来的一种轮廓。慢慢认识自己，学会悦纳自己，勉力创造自己。我喜欢自己这样的人生，有梦有爱有脚步的人生。有时，我想为自己喝声彩，更为自己简单明了纯粹而勇敢的心。

　　手机提示，00:00。我有些淡淡的雀跃，像完成一种奔赴。

　　留不住岁月，那就以一种向前的姿势，奔赴。

　　斗室里弥散着香水百合的香，混合着甜甜的玫瑰味儿。我只想笑，为昨天、今天、明天。

　　祝福家人，爱人，好人，朋友！

恼　　2012.1.13

　　想写无端地恼，知道不是。

　　这段时间，很健康的样子。平和，淡然，勇敢，也无惧无忧的样子。可是，启而不发，是我目前的精神状态。

三两个久而不见的旧友，都说我愈加年轻了。我笑。是的，我不想坚持了。我的信念，我的信仰。人，由而轻松。

　　不再给我想要的鼓励，不再给我想要的力量，不再给我想要的帮助，不再以一种我想要的方式让我明白，其实一切还在。我的生命，以一种秋天的姿态、丰收的模样，刹然止息。我当如何将自己的魂，去依附我一直以为的你的关于我们的永恒？

　　我的眼眶，在渐深的夜里，温温润润。

　　我不觉得累，亦不觉得苦，也是我愿意我能够承受的孤独。只觉我一个人的生命的舞台，深深寂寞。尽管台下，掌声雷动。也偿不了我唯一的愿，蝶舞两蹁跹。我不逢共同出演生命的对手，故我深深寂寞。

　　揣着满满的貌似的完满，我不能原谅自己对生命的要求那么高。我更愿意怀一颗卑微又卑微的心，对现世有所图，并孜孜以求。如此，我便不觉失望。

　　可是我，不能蒙蔽自己的心。在深夜，我的声音永远是一个方向，那就是，我如此努力，会有明天，会有不悔不愧的明天。

情非得已　　　　2012.1.13

你不能觉察那一颗瑰丽的心
你无法轻握那冰凉的指
当寂寞的心聆听你的声音
她听得见天涯咫尺
咫尺天涯
当如玉的指横穿过你的黑发

她看得见因她而起的早生的华发
华发早生
在一刻间
在这个泼墨的雨夜里
她原谅了所有的
情非得已

等 待　　　2012.1.16

我把暗夜
妖娆成一路锦绣
铺到你的眼前
等待
你裹挟一怀冷气
踏雪而来
冬月冬寒
浅不去我恒久的凝望

而当信念与信仰同在
当你与梦同在
当我与此同时的温柔与热烈
我便等待一种等待
与我两两相望
默默默默
却也人间天堂

花 房 　　2012.1.19

我梦里的花房
是我们旧时的模样
那里
玫瑰的芬芳
百合的沁香
还有你
醉心的脸庞
光阴的故事
我十六岁的绽放
在昨天的梦里飞扬

年轻的你啊
年少的我
还有我们许多年的痴与缠
那些荼靡花事
在梦里
生如昨日
只是
梦假泪真

三场泪 　　2012.1.21

第一场泪

　　没有什么不一样的上午，迟起，煮早饭，出门。一个轻快的电话里，愉快的声音传来：下午，回家擦窗户呢！

我怔住。沉，沉。

车窗外，车流人流。我的眼泪，倏地涌出眼窝。

人人为家忙，我在干什么。

曾几何时，也是那个勤勤恳恳的主妇，乐意煮干净漂亮的小菜，跪着把通室地板擦得油亮油亮，课再多人再累也会把家收拾得井井有条，当然也会把工作做得漂漂亮亮。

只是悦己者，己悦者，两相欠。慢慢地，就缓了下来。渐渐能容忍家务上小小的瑕疵，只为更和谐的氛围。我不再是那么聒噪的妇人：不要把水壶灌得那么满，水还没开就开始往外漫；卫生间的湿拖鞋不要往客厅穿，对地板不好；不要动辄把衣服往洗衣机里塞，洗衣机不是万能的……

今天，我知道我错了。要过年了，我是个家庭妇女，许多该做的事我都没有做好，我哭了。

第二场泪

久违的声音，温和也试探：来我这里坐坐？哗地一下，眼泪又来了，挡都挡不住。我说不出完整的想说的话。

这两千多个日子，唯有这个人，这个声音，常常在最现实的生活里，以一种最简单最深刻的方式，在最近的距离里，赋予我与岁月寒流搏斗的勇气和力量。

熙熙攘攘的街，这满满的人世间。

那么此刻，让我静静坐在这狭小的车内，一任热泪长流，为这万丈红尘中的恒久。

第三场泪

已经是下午四时了，要赶着去安广交费，去电信报修电话，晚饭时间约了人谈事情。时间总是不够用的，人又不可以

128

割成两半使用。打电话叫婆婆下楼，交与现金和卡：妈妈，你到永辉去添一些年货可好？我还有事情要做。婆婆一直是个淡定的人：我不会买。我笑：家里还缺的，买一些回来，你喜欢的，也买一些。婆婆的功力很深厚：我不晓得买哎！

很巧的，婆婆的婆婆（老人家一直喜欢一个人在芜湖租房独住）从芜湖回南陵，包了一辆车，十几二十个大大小小的包，停在电梯口。我张口结舌。婆婆和一起下楼的婶婶早已脸上变了色：这些个破烂都带回来干什么？是不是钱没地方送？婆婆的婆婆嗫嚅：几床被子准备给你们一人一床，这些鹌鹑蛋烫炉子吃……婆婆和婶婶异口同声：我不要！

我突然不能忍耐下去，手上的包一下子丢得远远的，一屁股坐到楼前花坛上，掩面痛哭：为什么人人有发脾气的自由，独独我在一千个一万个委屈面前，要一忍再忍？

《圣经》上说：爱是恒久的忍耐。

我分明是受了它的骗，才像现在这个样子。总是笑，总是笑。

可是也不对。黄豆的爸爸今天问我：我从你的脸上，读到了心思和忧伤。

我简直不敢相信这是他说的话。

我在冬天里 　　2012.1.21

今天晚上，我要早早地爬上床，将房间里暖气打足，看电视，直至入睡。等明天美丽的景。

我在冬天里。

从明天开始，做更平凡的自己。关心一些以前没有关心到的人和事，让自己的世界，由内而外。很长一段时间，我只知道，关注自己的内心，有一些孤寒，常常惶惑。

从明天开始，学会跟别人谈论一些话题，譬如家庭和孩子、服装和娱乐、超市和商场。

从明天开始，学会说一些赞美的话，悦人悦己。这么多年，玲珑面孔愚鲁心，我知道这样子不好。

从明天开始，也去学习关心粮食关心蔬菜，我只是个平凡的妇人。

瑞雪兆丰年。

我在冬天里，等待明天，等待半生绝胜。

雨雨雨　　　2012.2.5

一滴两滴滴滴雨
在夜里在梦里在心里
敲打无眠的钟声
昨天今天明天
谁在追逐谁又在放逐

只能让我
进你的夜你的梦你的心
只能请你
触摸我旧时的幸福模样

我追逐着你的放逐
传奇的不朽
不朽的传奇

我在雨深处
心字已成灰

但是你没有

2012.2.6

你说你会看着我
像一只奔跑的小鹿
尽情地在人生长路上
欢愉地奔
但是你没有

你说你会陪着我
从我最美好的年华
到我最终的转身
从你最风华的年岁
到你白发苍苍
但是你没有

你说你等我
等我了却这些个红尘俗物
我们
一起走一起歌一起舞
我们
一起活在这人世间
但是你没有
你说你会为我这个姑娘
开一个水果铺子

二〇一二年

|3|

摆一个甘蔗摊子
因为你喜欢看我喜悦的样子
为着我含笑的眉眼
你将做一个最平凡却最幸福的男子
但是你没有

这悠悠的许多年啊
我的憔悴我的凄伤
不过是因为你的匆匆离场
不过是因为你一场又一场的谎

金凤凰大酒店　　2012.2.8

　　金凤凰大酒店，是我即将开业的酒店的名字。"凤凰"这词是我的闺蜜即我的合伙人用的，工商注册的时候避免重名，我临时加了个金字。不说恶俗，至少普通又普通。我并未觉不妥，我接受一切简单的外在形式。一上来先声夺人，一定不是我的追求，同时也不是我的特长，我自知。

　　开这个酒店，在我的人生里，无疑是极其突兀的一笔。没有预兆，没有纯熟的思虑，如我一贯跌跌撞撞的脚步。而我，应走寻常路。好好读书，好好工作，好好持家。然后，享受平凡人生。我不相信这个世界是个求仁得仁的世界，便无意钻营，随缘随心。如此，我清朗宽阔，简淡澄明。我无疑不够成熟稳健惠达，我不懂得害怕风险。或者说，我不曾怀疑自己，我犹有孤勇。况且，关于人生，我有我自己大致的方向，我为此勤奋努力，不辍思与行。最最要紧的，面对种种，我不贪图现世欢愉。真正知道自己，不过沧海一粟，我把自己放在低微处，人生自然风景无限。

我不是不希望，金凤凰的启动，也会开始我不一样的另一段路程。

一念间　　2012.2.10

我有时候
会绝望地放弃
放弃自己的信仰
关于人生
关于爱
当我被放弃被放逐的时候

当我被珍视
我亦珍视自己的心
谁能相信
我没有自我
我那么且笑且疯狂

我笑的时候
已经有泪
我说
你已不能懂我
你笑
人都会有孤独

我不孤独

我置自己于一种孤绝
当我100分的时候
我选择20分
我60分的时候
我追逐100分

你在我的一念间
沉浮已主
请你
请你一定
一定珍爱我的人生

走向春天 　　2012.2.21

渐渐的，我变成了另外一个人。不解释，不表达，沉默，寡言，笑。

一切都已经在昨天，我的梦想、我的信仰、我的努力。我放弃了我自己，还有我欲求不达的心。在我越来越凌乱的脚步里，有我清晰的昨天，我为昨天生，却在今日残。我所有的锦绣，在我昨天的梦里、昨天的歌里、昨天的笑里。

就这样被辜负，在走向春天的时候。

给我时间，让我复求。

明 白 　　2012.3.4

我无疑是一个迟悟的人，对于外界的一切，尤其人言与世情。而我常常庆幸自己的这份迟，让我很少纠缠于琐屑纷争。

由而，我糊涂且大胆，思虑不全。但只能常常鼓励自己，步步为营不算什么，见招拆招才是人生的最高境界。我跌跌撞撞，懵懂但运气。

这一次站在人生的十字路口，我第一次开始探视自己的方向。一切理性的思考都不能说服我的心，我还是那么倔强那么随性。我的老师认认真真同我说，好好读书，端正态度，你会有成就。我想了又想，思了又思。是的，我酷爱读书，沉浸书本让我至大愉悦。但是，成就？不不，那意味着我要从此低首，深埋心水，孜孜不倦，上下求索，方可有自己一席之地。我做不到，我贪恋红尘颇深，我无法抽身。

毋求果报诚修炼，岂为功名始读书？

我的表达不是不诚恳：我想继续读一个学位。仅仅是读书而已，我不必为了这个学位，改变我的生活生存状态。更不要为了改变我的生活生存状态，而去读一个学位。我的生活内容，根本丰厚适达，努力向上。决意要通过读书来改变命运，那恐怕也是一种钻营，不不，那一定不会是我。

我明白我自己。

渐行渐远　　2012.3.5

澄冷的心
微微张开
在这一场春寒里
犹疑
我锦年的浓与痴
怎样与岁月势均力敌
怎样去奔赴一季又一季的殇

二〇一二年

135

我的心
在渐行渐远的岁月里
渐行渐远
我的岸

我在北京你在天津　　　2012.3.10

缭绕的烟，在初浅的夜里，越显人间温热。女子伫立无言，烧烤摊热闹天真。静默地等，眼前渐渐温氤。

那一年，她在北京，他在天津。她是个独行者，背包，马尾，白衣，蓝裙，懵懂，桀骜，却轻快粲然。

他却已是个安适在婚姻里的男子，几年一日，在浅浅的生活里，稳妥无忧，不进不退。

是年轻的她先十指乱飞：我在首都向你问好。

他的回复很快：我在天津。回答简单干净。

自此相处的日子，温暖欢愉。渐深的情，渐浓的爱。

却自此不能安眠的夜。

谁道人生长恨水长东？

……

无数黑夜。

如此夜。

女子忆起，他活泼多语的妻，曾含笑娓娓：那一年，我们在天津，一口气吃了一百多串羊肉串，回来就闹肚子……

女子的疼痛，由心及骨。指尖缓缓：那一年，我在北京你在天津，你幸福吗？

两悠悠　　2012.3.11

今夜，我念想，相视而坐的我们。像从前，像梦里。

听我说，我小小却可爱的生活，我纷繁却勇敢的岁月。你，就那样望着我，痴望。你，也字字句句，我的坎坷不易，你深深懂得，深深痛惜。天若有情天亦老，人间正道是沧桑，你默许我年轻的沧桑。

如此良夜，我泪双垂。

我不过，这样念想。当我踏上远去的列车，你能，你能将牵念一随青烟，伴我天涯，像从前的从前。

而你曾说，执手天下。

当我懂得，从此两悠悠。

就在今夜，我静坐，默然，生疼。

谁可以挥一挥衣袖，将我的愁情烦事尽悉扫去？

那么今夜，我为谁醉？我清醒倔强，酒不沾唇。

三尺素床，你酣眠沉沉。

而我寂寞的心……

都很好　　2012.3.16

已经不冷了。或阴或雨。

又开始认认真真随意地读一些书，每一天穿插在或多或少的事务之中。这个样子，很好。

妈妈来电话，总是着急，酒店生意好吗？爸爸总是会问，忙成这个样子，书还怎么读？我清楚我自己。

十多年前，开始识人做事，冷暖常见。我不害怕最糟糕的生活，因为我相信我自己。从彼时起，我明白，人，不能拜高踩低。不管怎样的处境，要勇敢豁达和气。对待生活，对待世事，我的姿态无疑是低又低的。须知世上苦人多，实在不必，处处凸显。我愿意做最普通的事，做最普通的人，这个样子，很好。

是夜，豆子的爸爸扬手侍弄他的头发，额上三两深纹，我忍不住：那，可是为我和豆子操心所得？豆子的爸爸，讪笑连连：确是如此。你俩，耗尽我十足心力……我笑：你尚有十分自由，选择令你轻松愉快的生活方式。我们不似这世上许多夫妻，几唱几随。我们的世界，多数时候，疏朗宽阔。不累人累己。这个样子，很好。

明天呢？明天会如何？

明天，我亦只是那个最平凡的妇人。向前，尝试，不倦不殆不惧。

我无限期待我的明天，尘埃落定的满足与松闲。

那个样子，也很好。

一直想做那样的人儿 2012.3.19

春雨雷动。

豆子还没睡：妈妈，我主动写了一篇作文，读给你听，完了你带我出去吃烧烤好不好？

我就她的床沿坐下，三言两语评了一下她的小文。然后商量，妈妈今天难得回来这么早，不想再出去了。妈妈在家煮东西给你吃可好？溏心蛋？汤圆？面条？豆子总是那么可人，给我余地：那妈妈，荷包蛋可好？我即刻应允。

我进厨房，豆子随我身后：妈妈，不如你再教我煎一次鸡蛋？我答好。豆子欣然。我给豆子系上围裙，套上护袖。点火上油敲蛋，有小小的油点溅出来，豆子微微闪躲，又自己说：没关系，一点点烫而已。

我的可爱聪慧又忍耐的豆子，总是让我的心，装满幸福与温柔，让我觉得自己的责任所在，让我坚定乐观豁达向上。

一直就想做那样的人儿。在生活里，在心灵上，给我的家人最细致的关爱与呵护、最温柔与体贴的照顾。这些，在我的幼年，一直或缺，一直渴求。我渴望拥有的，我倾力以付与人。希望我的豆子我的家人，幸福康乐，我为此努力。

一直就想做那样的人儿。在社会中，用一颗诚心，将友好与善意传达。因我，从不喜纷争。从来，君子群而不党，不论环境。

晚上，一个服务员贸然辞职，急急解释：不是因为忙和累，实在是……我点点头：我明白，我能做到的，不一定要求你也一样做到。她涨红脸，尴尬：老板，你明白就最好不过。

是的，我明白。所有的员工里，我最年轻。我不会去指责，不会去排挤，不会去凌驾，但是我真的明白。

我一直想做那样的人儿，深，真。

亲爱的，祝你幸福　　2012.3.24

亲爱的，你的脸色酡红，红霞如云，这一整天。

早早的上午，一会儿就不见你的影儿了，一会儿又回来了。咕咕叨叨：那么大个超市，银耳莲子都买不到，真是的……我一会儿换个超市，我记得原先在那儿买过……

亲爱的，我看着你，默默微笑。

爱，被爱，如此让你飞扬。

你说，我要炖银耳莲子汤，再烧两个菜。又说，从来没下过厨，也不知道烧出来的能不能吃。

我还是笑，可以的，可以的。在爱的目光下，谁还会在意那些个菜，是否色香味俱全呢？

只是看着你的样子，我觉得被感染了似的幸福着。我催你，去吧，去吧！好像是我要为我的爱人，烧几道小菜。

你定了价格不菲的蛋糕。回来百度"提拉米苏"，我笑你：提拉米苏，爱的寓意是，带我走。唉，还是要多读书啊！要不然，什么都要找百老师（指百度）……

你呵呵傻笑，幸福快乐的那一种。

亲爱的，我希望你快乐，一直像今天这个样子。

未走完的路 　　2012.3.25

这未走完的山路
让我一个人来完成吧
乌霞山上
风动春浓
记忆的栅栏里
风情涌动
我不怕孤单
向前的路
总是崎岖坎坷却也风景无限
任你的城池
清泓一色
也不能匹敌我一路旖旎
未完的路
我且歌且舞

心飞翔
爱飞扬

锁　　2012.3.26

当阳光
当细柳
当春风
当吹面不寒
当君妾两浓浓

深锁深锁
一场痴心一场梦
不到白头
空余心期
不语含悲辛

相思不相逢
相逢不相看
相看不相识
相识不相认
相认却是旧年春

深锁深锁
天与谁春

二〇一二年

清明好时节　　　2012.4.2

清明好时节。

阳光是异样的晴粲，风也是好的。山路也是硬朗的，除了背阳的地方。

我们给奶奶迁坟，将她迁与爷爷合葬。

生不同期，死同穴。

大伯之前劳心劳力，爷爷的坟前已经宽敞开阔。姑姑们哀哀同泣，我也不能忍。

奶奶终年六十三，而爷爷九十二。

山风沐沐。我的血液里，穿行着澎湃深切的感情，对于我的亲人。

每一次见面，大姑二姑都一遍又一遍叮嘱：燕子，你那么多事情，一定要多休息，不能太累自己。每一次，我都会掉眼泪，我渴望温情。

记忆里一幕一幕。

慈爱善良任劳任怨又宽阔无比的奶奶，固执倔强同样善良的爷爷。

那些年，那些日子。

爷爷一直叨叨：你奶奶福浅，要不然看到你们这一个一个的样子，会欢喜的。

而阿月曾经说：爷爷做的饭里一直有一种烟火的味道。又说过，爷爷和姐姐是这个世界上最伟大的人。

写到这里，我的眼泪又不能忍。

我的岁月，我知晓。

我把春天还给你

醉在春天里　　2012.4.4

昨夜夜半，枕上分明梦见。语多时。依旧桃花面，频低柳叶眉。

半羞还半喜，欲去又依依。觉来知是梦，不胜悲。

——韦庄《女冠子·昨夜夜半》

笑还是笑
凝望又凝望
漫天飞舞

我要我的世界
丰盈幸福

尺素寸心
醉在春天里
再多的苦
我不在乎

无　题　　2012.4.7

一个人走路，在或深或浅的夜，慢慢地，抬头，微叹，此夜若长存，知心唯有月。

时间是多么紧迫，对于我。一日一日，我催促自己，来不及了，来不及了。二三十年一转头，万事随流水。

这个春天，无比美好，无比惆怅，无比萧瑟。

而我渴望，也无风雨也无晴的岁月，绝胜已在心中。

无悔的岁月　　2012.4.18

真的是无悔的日子。

我捡起老强曾经跟我说的话，上为父母，下为子女。

一是赋予我生命的人，一是我赋予的生命。让我一肩扛起，无怨无悔。

然，我有瑰丽的灵魂，有万分的努力，我知道，一切美好。

会不会累？会不会苦？

都是有的。

我更加深深明白，苦之切，累之切，更好的才会来。

我珍爱自己的心，从不肯背叛。我知道这个世界，这份忠贞的价值。

佛说，爱离别，苦；求不得，苦。

不，不。人生甘苦，自有其深蕴，不在嬉笑嗔怒中。静静行走，岁月赐我这一盛满伤痕却收获的春，我无比感激。

相信从此不孤单，梦不孤单，心不孤单。

岁月流沙　　2012.4.23

岁月流沙

娥眉素扬

直面坚韧豁然

春浓处

心院深深

桃李花开尽

残红一两枝

梦觉流莺
青青草色齐
东风忽起
杨花自在飞
遥寻
南风旧相识
荷心万点声

孤　独　　2012.5.2

孤独的生活里，籍山大道的清郁，在许多夜里，照拂我的
感官，让我喟叹生命最本质的美好。我时时提醒自己，惜春不
伤春，还有岁岁年年好光景。这样苦的历练，不过是让我更加
成熟与豁达，我自不埋怨任何人。

屋不漏，不知遭雨之困，我毕生感激教我懂得直面的人。
陈述，是一种弱症，我不若此。一个心智健全乃至优良的人，
懂得不让别人为自己的情绪负责任，我犹如此，我肯定自己的
明朗与康健。

愿弃不能安寐的夜。

自行进退　　2012.5.8

已经不那么笑，有希望有明天的朗朗的样子。所有一切关
乎心灵的东西，长久静默在我百折不挠的心里。

人生，怎样定输赢。或许，看身处何境。

跟徐静说了，跟刘霖说了，一场无妄的战役，你所逢对
手，根本差到难称敌手，那么，胜之必然不武，输之当然惨

烈，左右不能逃离。

常常想，读好些书，有什么用呢？不过是，遇事冷静，轻悄，忍上加忍。可是这个样子，有什么好？不如去哭，不如去闹，不如去谩骂，去纠缠。至少，一切过分的言行会让人得到欲得到的东西。有谁会在意，如何得到？人们往往在意的，不过是实实在在揣在袋中的东西。而维持从头至尾的风度，不过是让我活得漂亮。其实，失无所失。

是的，我通达了，我勇敢了，我开阔了，我坚强了。我用一切文明的方式，对抗这世界予我精神与肉体的摧残，我淡淡地扫过这一切爱恨情仇，惜言惜行惜风度，我时时提醒自己，读过这么些书，总不能如一般妇孺，不高兴了，急急找人倾诉，完完全全天下谁人不识君的姿态。人生，当自行进退，自行消解一切得与失。何关他人？

满天风雨下西楼，我欲安身自在中。

可是这样，也是没有用的。惶惶世情，惶惶小城。

江必胜说，那个县城不适合你。他是彻头彻尾明白并扶持我心灵的人。可是我，竟然逗留了这许多年，并将还会有许多年。这些年，走走返返，所为何来？我自己当然明了。我自以为，朗朗乾坤，以我一颗坚韧明朗且为善的心，足以对抗这万丈红尘。我的姿态，当是明媚且爽朗的。

也有幸者，我尚能保全我自由而瑰丽的灵魂。怎么样的输，都不是我的全部。

夏夜良好，即使星隐月淡。

母亲节　　　2012.5.13

今天，起个大早，没想到，充裕一点的晨间时光，用来打了豆子一顿。

豆子是个乱舞刀枪乱无章法的孩子，一直。

四年级了，狂无心肺。

不知道按时起床，按时上学，不知道早上起来之后应该按部就班地刷牙洗脸换衣服吃早饭，然后快快上学。豆子总是，顶着一头乱发，久久站在梳妆镜前，静默。或者，屁颠在我后面：妈妈，我今天可不可以穿……？或者，妈妈，我今天放学可不可以去你店里？又或者，妈妈，我告诉你……

我有时温柔一点，宝贝，动作快一点好不好？

有时断喝，你早上起来能不能做好该做的事？

她的懵懂，让我欢喜让我忧。

我欢喜，她无忧。从不在意成绩，无意竞争。凭着一股聪颖，游刃在班里，我感叹她在学习上没花半分心思。

而我的忧虑，也许是过虑。我希望她干净整洁，会收拾自己的小书房，会摆放整齐自己的东西。我一遍又一遍地教，可是这一点，她让我挫败感深深。

而今天早上，又是临出门的时候，找不到画纸画具。

我突然是可忍孰不可忍起来，好脾气全部丢掉，巴掌上了她的头。

而今天，是母亲节。

同城呼吸　　　2012.5.16

让我埋葬
梦想自由未来
这瑰丽的一切
让我燃烧

心为捻血为油
静然　热烈

我把所有
换缕缕呼与吸
在小小的城
而当我们同在
风景已天下
寸心已天下

城市花园　　2012.5.19

这应该是个美好的日子。

因为雨，心格外低回地静。很久没有撑过伞，像今天这个样子，慢慢地走在滴滴答答的声音里，心在云天外。

我喜欢在这样的天气，这样的心绪中，静静地坐着，新茶苦香，如果让我们凝望。

这座城，让人生无法淋漓尽致，让灵动窒息。

回到年少轻狂时。

那个明明媚媚的女子，那些活色生香的岁月。

可回首，回不去。

那个粲然热烈温柔的灵魂，冷冷静静地与世界对峙。谁的十指曾经乱飞，只为传达深切的指尖款款？

站在生活的天平上，我们应该爱并看重什么？

而这五月的雨中，我是个安静平凡温和的妇人。

我无异于这小城里认真生活的每一个人。踽踽独行的，不过是我的心。我的手上，大大小小的物什，从人力车上下来，

我把春天还给你

不是我一贯要求的优雅明亮的样子，是有一点点狼狈的心念的。我的视线所及处，是一对夫妇的背影，我呵呵地笑了。

往事已如风。

这一盏茶，温了又凉，续了又续。

小·絮　　2012.5.22

不太敢熬夜了，因为要早起，白天又舍不得睡觉。

可是，衣服洗着洗着，眼泪就掉进水盆里了。

想起很多事，很多年前到现在。

记得读初中的时候，每天早上，爸爸起床之后，会泡一杯浓茶，然后打开录音机，一边听新闻，一边拖地。总是把厨房间的地砖拖得干干净净，然后是柜台和办公桌，也是擦得干干净净的，爸爸是个干净整洁的男人。那个时候，我心里是很疼爸爸的。尤其是当我到同学家去玩，都是同学的妈妈在家拾掇家里家外，我有一种不能表达的向往和难受。我就想，等我长成一个大人，长成一个妻子，长成一个妈妈，我一定要做一个擅长做家务的人儿。让我的家里家外，明亮整洁。

就嫁人了，人妻人母，一声叹息。婆家这个妈妈，尤不做家务。从|年前到现在，我时常偷偷感叹。我一直渴望有一个可以照顾我生活的妈妈，可以做个饭给我吃，在我累了时帮我拾掇一下家。我的工作，我的学习，我从不是个闲人。

某君对我说，当你自己做了一个自己的决定之后，不要要求别人来体谅你的辛苦。比方说，你选择去读书，那是你自己的决定，你不应该在做了这个决定之后，让别人体谅你，可以少照顾父母，少照顾孩子，少做一些家务。这一切，你都要做。是的，我都要做。因为我觉得，这个道理很有道理。

二〇一二年

今天，某人对我说：累，累，不想上班了。我笑，如果可以，让我照顾你的生活啊！人家回一句：切，自己一日三餐都不能保，还照顾人！这笑话一句，我难过了很久。我只是，一直想等个人照顾我。

晚上回家晚了，豆子的脏衣服堆在盆里。我刷着刷着，眼泪流下来。这个妮子，也从不体谅妈妈，衣服总是比男孩子的衣服还难洗。我不喜欢全自动洗衣机，我喜欢手洗出来的衣服，有一种贴心的温柔在飘荡。

夜　　2012.5.30

我喜欢，幽幽醒来的时候，有温暖的怀。哪怕，随即沉沉睡去。

多少年的沉迷与等候。

这么努力这么辛苦。命如此，怎么违。

六一快到了，我喜欢过这个节。

六月风　　2012.6.2

觉得很饿，手心冒汗，没有力气。在吃与不吃间摇摆了很久，懒得动。想着外面花花的世界，想着浓浓的人间烟火的样子，让他们诱惑自己，也无果。

但我至少要有微笑面对这世界的力气。

你，可以陪我吃个东西吗？果腹就好。不想说太多的话，对人言，愈加没有耐心。除去必要的交代，不想多说一句话。初夏的阳光初夏的风——不能使我安然。

当温情与爱情还在。

月光如水　　2012.6.3

那初遇
澄澈如水的目光
芬芳馥郁的模样
浓春深夏

那月光
挽臂拾阶的温柔
沁心入脾的松香
深凝深望

那夜
从未稍离妇人华丽的心房
行行字
行行诗

诗心玲珑
岁月葱茏

妇人的心
在月圆满的夜
汩汩如歌
守望半世的诺

一〇一二年

埃尔咖啡　　2012.6.3

坐在我面前的女子，二十四五的样子，温和憔悴。

埃尔咖啡的暖茶，也不能温热这空气里的凉。

女子缓缓开口：我跟她见过面了，是真的。

这个事件，暂时涉及三个人：她，他，她。

面前的女子，从南京来。缓缓叙述：我在南京已经同她联系好了，要见一面。只为证实，我们都没有说谎。而现在，我觉得我撑不住了。是他在撒谎，女子的眼泪，开始往外涌：从一开始，他就说过不会给我婚姻，但是，会是不变的心。那个时候，我小小的。爸爸带着别的女人离开了家。要强的妈妈带着我，一直生活困顿。遇到他，照顾我，疼爱我。直到妈妈去世。他说，除了婚姻，他什么都可以给我，永远不会变心。他在南京给我买了房，买了车。也许是感激，也许是感情，我跟了他，我并不懂得保护自己。直到医生跟我说，如果再这样，我会失去做母亲的权利。我决定要个孩子，他也没有反对，孩子四五个月的时候，我知道一切发生了变化，是女人最敏感准确的直觉。我暗暗留意他的电话，然后判断出另一个她。这个过程很煎熬，而他矢口否认。

她的表情，只是陈述：我联系到她。是个南陵的女子。南陵和南京，并不遥远，我决意要见她。对方并不躲闪。我们就在这里，见面。我们演一出双方都痛得要死的戏，就在这个包间。她约了他，而我，就在隔壁。然后，推门而进的时候，她在他的腿上。

我抿一口水：在知道我们自己会受伤的时候，我们可以选择让沉默覆盖最真的残酷。

这个来自秦淮河边的女子，眼泪倏地坠滑：只有这样亲眼

我把春天还给你

见到我才肯相信。

　　我深深看着对面这张年轻的脸，有一点点婴儿肥的可爱。我不知道怎么去疏导与安慰。这个女子，从别处了解识得我。一定要跟我说，她的事。或许，是因为我亦在南陵，跟她事件中的另一个她生活在一座城，或许，这只是一份深重的信任。她说，希望可以从我这里获得不一样的智慧与力量。但是，我却惶惶然。我并不太习惯，在现实生活里直面文艺作品里的桥段。可是，无论怎样的红尘，我们是否都应该爱重我们自己？岁月鄙薄，不逢良人。我们是否应更加强韧自己的内心？

　　面前的茶，凉了很久。伊人离去的影。我久久地坐，想着，还有他的妻。

翻过去的一页　2012.6.10

当我含笑如荷
你并不懂我荷一样的心思
不懂我淡淡荷香
就如你从不欲与我同行
在这渐浓的夏

而你的心里
我始终亭亭而立
步步生花
缭乱你端庄的眼
却不入你微疼的心

153

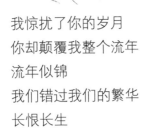

我惊扰了你的岁月
你却颠覆我整个流年
流年似锦
我们错过我们的繁华
长恨长生

那么你可看见
我轻悄地远离
我纯良的泪滴
我扬手翻过的这一场场流离
皆是你

活 着　　2012.6.11

弃我梦
锁我歌
浅我笑

唯心长忧
唯情长愁
断剪世间悲与喜

生若夏花
夏迹亦沿沿
痴迷人间沉沉路

活着

是我能给你的

最后最美的姿态

生活小·录　　2012.6.12

片段一

月余前，头顶起一根倔强的发，白得晃眼。懒懒地，不欲剪去。就让它提醒我，岁月曾淡淡亏待我。

十多年前，还青春年少时，生活突然地变，也曾让我的发一夜白了好几十根。

昨天下午，絮语间，旁边的那个人，突然看我的右鬓，指尖牵牵：白头发一根。我突然恼了，接过来，一用力，扯断了，一黑一白。人惊呼：下手太狠。

明镜秋霜，并不是我所愿。

片段二

很长一段时间，忽略了早餐。每天把女儿喂饱去上学，对自己就不那么上心了。某人一直跟我强调，竹青巷的豆浆豆脑特别好，去吃吧。如此反复几次，我亦动了心思。昨天，我一副深深人间烟火的样子，穿梭进那个小巷，美美地喝了一碗甜甜的豆脑。我对我最粗糙简单的生活方式开始思考：是什么让我如此不珍视自己的这副皮囊。

是对这世界的期望与等待。

片段三

搁置自己。

二〇一二年

片段四

喝茶的杯子，总不可心。蛮漂亮的样子，温馨婉婉的。可是不适合泡绿茶，别别扭扭的。从来不喜欢广告杯，也从来不进茶庄，自然就没有自己喜爱的杯子。有些事情，我懒得不像自己，可是我一贯稳健轻快。

我可以抱你吗？　　2012.6.15

第一次，一首歌唱到尾声的时候，眼泪往下流，放下话筒，泪如泉涌。

一直不是这个样子，也有听歌的时候落泪。那一年的夏，听《类似爱情》，哭得最厉害，听《最熟悉的陌生人》，也哭。只是我自己唱歌，从来没有落过泪。昨晚是个意外，是张惠妹的《我可以抱你吗》，根本没有此情此景的感觉，却哭得汹涌。

想起师兄讲学校课堂的段子给我们听，问下一届师妹，有没有上过某某某老师的课？师妹点头。接着问，那他有没有给你们上杜甫？师妹还是点头，师兄声音微扬：那他哭了没？师妹继续点头。师兄桌子一拍，激动的样子：这就对了，他每年一哭！

写到这里，我自己先笑了。我跟某某某老师的每年一哭，肯定是不一样的，不能拿来类比。

但是都哭了，呵呵。

默默流年　　2012.6.16

无数黑夜
如此夜

我把春天还给你

我的静与守
你的寂与默
交缠如藤
爬满离人的心

你说
等我去看你
栀子花香时
我这个痴与缠的妇人啊
一天一年
蹉跎一个季节
等与盼

可是亲爱的
错过这一季的花开
错过这满枝丫的牵念
我将如何置放
我原本浓烈地化不开的深情
你说
依旧梦魂中啊
我说
心魂已两散
余生却默默

二〇一二年

让我为你保留一个字　　2012.6.18

让我为你保留一个字

从青丝到白头
亲爱的
你不要难过
我只是把最美好的字
长存在我美丽的心里

你不要
不要朝我瞪眼
我就是这么固执
我害怕说出去之后
你就不是你
而我也不是我

你就让我
像个骄傲又和善的女王
微笑着看着你
就像看着自己的世界
丰满又欣喜
而我的城池里
独你
君临天下

小·店有感　　　2012.6.20

　　我的小店营业已经四个多月了，成绩优良，可以缓缓舒一口气。

　　有自己的酒店，挺好。

酒店若独为盈利，就辛苦了些。而我以为，酒店是一片大天地，识人做事，全盘可以观察人事，这是真正令我觉得有趣的地方。

这爿小店，来得有些唐突。当时没有想很多，也许，给别人一个机会，对自己何尝不是一次尝试与机会？在整个筹备阶段，问过一些人的意见，反对和怀疑的声音无疑大过支持的声音。也有拍胸脯的，你开酒店，那我一定是全力以赴。更有说的更具体的，真开了酒店，那我的饭局可就全安排在你们那里了。

这些很可爱的支持的声音，在当时确实给了我极大的鼓励。

现在我觉得我是个大龄愣头青。

我有时候会很调皮地问某某某：哎，那时你不是说等我开了酒店，你就经常照顾我生意？怎么连鬼影子都见不着？

因为满不在乎，我问得无辜且理直气壮，会逼得某人一连讪讪。

我才不要八面玲珑，我就要妖魔鬼怪在我面前统统被打回原形。我像个孙悟空，年终考核总是倒数。

面对人事，我笑得更加清澈，无欲则刚。

酒店营运过程是个很繁复的过程，我很努力，勤心勤力。但是由于自己真的有更重要的学业要完成，对于酒店这一块的业务，并没有全心全力。而绩效，已令我满意。

实付所得，最最公平不过，从来不盼不劳而获。

而生命中，因为有了新的张力，由而更有希望。有一种力量与速度，意欲席卷我余下的好几十年。

安身，读书，爱，立命。

人生处处。

小记。

二〇一一年

159

也关爱情　　2012.6.24

我一直在想，我们在进入爱情之前，都带着伤疤，但所有的方法都试过了，吵过，放弃过，分开过，都是那么令人难过，可不可以，不分开了。

——题记

我不知道，这个世界上有多少种爱情的形式，不知道有多少爱情可以善终。当所有的人都说，一旦进入婚姻，婚姻一旦久了，爱情势必不再存在，代之的是亲情，仅此而已。我习惯大声说不，怎么会？婚姻里的爱情，才可以理直气壮，才可以温情脉脉，才可以恣意妄为，才可以让责任与温情并存。否认婚姻里的爱情，不过是因为经营无方。

我常常说，婚姻中的男女，对待感情太缺乏开拓的精神、一种共同成长共同进步的精神、一种趣味的审视和轻松的认知精神。许多人的骨头里，爬满了过去的蛊。一种向后的回望，念念过去，不肯向前。而我以为，向前是一种绝胜风华。

一段带着伤疤的过去，让无辜的少年，还没有爱却先伤害了爱，怎么样的绕指柔，在残酷的现实面前，以一种清刚的方式，直抵最爱的那个人的心房，疼痛由彼而已，只为掩盖自己伤疤的那样一份年幼却强大的自尊。

爱情，以一种必然的姿态，存在于每一个生命中。当自知，却无知。

你终于失去了我　　2012.6.25

有谁知道
你终于失去了我

就像
有谁知道
你曾占据我整个华年

怎样瑰丽的燃烧
在有情岁月里
怎样苍凉的日子
在我们被放逐的背影里
两两相望
前世今生

有谁知道
你是我眼眸深处
疼痛的微笑
有谁知道
我整个生命地跃起与回落
不过是你掌心的卦
翻手为云覆手雨

没有人知道
你失去了我
而我
失了这全世界

一〇一二年

对不起   2012.6.29

很多牵肠挂肚，很多心疼，很多不放心，很多等待，很多落寞，很多忍住的眼泪，很多苍茫，很多寂寂，很多无奈，很多无措。

在你的转身与沉默后漫天飞舞。

是我不好，我没有保护好你，没有保护好我们。

疼痛与悔恨根生，如影随形。

恋曲1990　　2012.6.30

我以为，夏天从今天才开始。我分明冷冷地过了很久的日子，一丝燥热也无。

而《恋曲1990》，作为背景音乐，乍然响起。我的眼前，是你咧着嘴傻笑的样子。泪，轰然跌下。

你总是那么眉飞色舞，好像全世界的热情都在你那里，就这样焐着我冰冷的世界。

回忆如潮。

我最喜欢对你说的话是，我唱支歌给你听吧，然后我就开始唱。没有人听我唱过那么多歌，你看，你多幸福。而我心底的悲伤，也全都不在了的样子。我很喜欢自己活泼轻快的样子，因而，我就说，我可喜欢你了，因为你总是让我笑。

我说你是个傻孩子。那一次，你电话里很激动的样子：我听到一首好歌，你听一下。"乌溜溜的黑眼珠和你的笑脸……"我哈地笑出来：你怎么这么土？这首歌老年人才爱听呢！

而你手舞足蹈，很欢喜的样子：我最喜欢第一句。

在KTV里，你摇头晃脑，并不唱，但范儿十足，惹得我笑弯了腰。

想起，很久没唱歌给你听了。

你不在我身边，我荒芜的世界，雪上加霜。

退 让　　2012.7.1

无数次醒来
在黑黑的夜
无数次的闪念
穿越这黑夜
我将抵达明天

七月的阳光
炙晒我裸露的臂
我不想隐蔽
如果注定是一个轮回
错过必不是我的选择

趟过岁月的河流
我的世界渐渐收拢
我看见一颗颗果实
悬而不决
疑惑我的方向

如果
如果不能揣入袋中
那么
那么就请在我的眼深处
永生永世

二〇一二年

找点笑　　2012.7.2

赤着脚，拎着鞋，在春谷公园走了一圈，又从春谷公园穿过香江花园，从鲁班商业街到金凤凰大酒店。

晚上，又拎着鞋，从金凤凰大酒店走回家。

很多人。

想着白天看电视剧的台词：我大小也是一农民工。

让自己笑。

直至有一天　　2012.7.10

直至有一天

你对我说累了

那么

我放下所有

曾有的现有的

过去的将来的

你的我的我们的

一切瑰丽与美好

一切繁华与丽影

一切交缠与落魄

放下我所有年轻的岁月

以一种丰收的姿态

进入秋之静美

我的天堂

我把春天还给你

雨　　　　2012.7.17

车窗外，雨好大，我就害怕了。

不知道从什么时候起，怕一场一场的大雨，心里有着微弱的恐慌。

专业课，已经很久很久没看了，有将近两三个星期的样子，一直不踏实。每天时间的流淌，只不过是生命的流逝。意义和价值，我实在羞于将其与我目前的状态联系。

一直行走的姿态，让我害怕这整天的无所事事，生命中少了支点的样子。懒于人事，是不是初老的痕迹？不不，我只是，对一切理解又接受。故而，我简淡但丰荣。

想念冬天，穿暖暖的袄子，戴可爱的帽子，肉肉的脸庞，热气腾腾的世界。

中午，去一个旧地吃饭，服务员是早就熟悉的。扯着嗓子大声笑：啊呀，你好漂亮！真好看！

我受感染似的，也笑。

漂亮，好看。

呵呵，我固执地喜欢并相信一切美好。

头发垂散下来，有别样的心情。想起让自己动容的那个词，柔美。想起让自己动心的那个词，无语千姿。

多么美好的人世间。

而我，尚在人间。

二〇一二年

只有你　　　　2012.7.21

走在下班的路上，背着我的随身的包，拎着我的工作袋，慢慢地踱，有力气没心力的感觉。

165

这一路，我都在想你。

每当我满含委屈的时候，每当我满腹辛酸的时候，每当我对这琐屑的一切一切无处话凄凉的时候，我会想你。

只有你，只有想你。

我会宽阔，隐忍，平静。

只有你以及我们这么多年的岁月。

是谁温暖我的夏天　　　2012.7.22

是谁
温暖我的夏天
在遥远遥远的地方
从咫尺到天涯的距离之后
隔着山与水
隔着千千里
隔着我的寂寞谁的心痛

是谁
温暖我的夏天
在我深凝的眼眸处
轻解我凝的眉锁的心
还告诉我
爱情
从未稍离我们的身旁

是谁
温暖我的夏天

谁知
一树鸣蝉两城愁
满室清凉风
一地荒凉心

秘密　　2012.7.23

请把我藏好
藏在你的心底
藏在这一日日的光阴里
藏在晨与夕的呼吸中
藏在
恰逢的那一秒
交缠的视线里
藏在
交会时
相错的肩影里

请你守住我
守住我
你一生的秘密
一生的华彩与柔软
一生的放逐与痴缠
我在云起处
半生离歌唱
抵达你恒久的天堂

二〇一二年

渡 　2012.7.28

我把流浪与放逐
刻在心上
江南的荷香
还有我的心香
留在你的掌上

那一纸传说
写着我们的永恒
你的目光下
流动着我恰好的芳华
我婷婷袅袅的影
晃痛你的夜夜深情

你许我以盛世的永恒
我却渡你以寂寥的帆影
从此
野渡无人
心
不敢踏水而返

背　离 　2012.8.2

　　这个时候，我应该背着我的背包，踏上我懵懂却渴望的路。我的脸上，应该充满一种神采，一种关于前进和希望的神采。而我的心里，应该还充满着热情与喜悦，关于对未知路的

我把春天还给你

渴求和激荡。

可是，什么都没有。我安安静静地坐在桌前，思考着我的论文。淡然，恍惚。

我什么都没抓住，什么都没失去。

我空荡荡的生活，空荡荡的心。

我被掠夺，被我钟情的平淡而素朴的生活掠夺。

悄无声息的我的脸。

我违背我自己的心的时候，这个世界抛弃了我。

关于生活，关于爱，都一样。

哭　佛　　2012.8.7

佛前，我的眼泪汩汩。

年少记忆里的辉煌，一场血色。

冷清的佛堂，网尘并生。我孤清的影，静默苍然。几百盏长明的莲花灯。

我对着佛，泪水横流。

佛笑：苦。

爱离别，苦。求不得，苦。

无　题　　2012.8.8

昨天立秋，我吃了一小片西瓜。

今天，好大风，好大雨，我内心忧惧。

躲在屋子里，我不敢出去。有时候站在窗前，雨帘密密，顺势而下，像晶莹不止的泪。

我想笑，可是我的眉头，皱得跟某人的一样。

一上午，作业就写了两排。遇到两个不认识的字，不想查工具书。

好几天没吃米饭了，每天就忽悠一下自己的胃，不觉得饿。

全无生活的兴致，这么美好的生活，我尤同困兽。

我要思考的是，到底是什么困住了我一贯美好的心？

得其径方能入其门，继而解其方吧？

鼓励自己。

笼　罩　　2012.8.10

我渴望一种笼罩

在纷繁不尽的生活里

在人海车流里

赋予我力量与希望

那一种笼罩

当似一个臂弯

给我无虞的明天

当似一个承诺

允我不孤单的前程

当似一片天空

许我恒久的蓝天白云

那一种笼罩

是我的渴念

生活这么无望与艰辛

这么委屈与黑暗

我坚持渴望

笼罩在我的心空的一双眼
一种气息
渴念那一种笼罩
让我甘心舍去华年
就此进入耄耋之年

卖花女　　　　2012.8.15

"我所需要只是某处一间房间
远离夜间的冷空气
有一张老大的椅子
那将是多么可爱
某人的头枕在我膝盖上
又温柔又暖和
他把我照顾得妥妥当当
……"
我是五月明媚温柔的花朵
而你
是十二月的圣诞老人

答应这个世界　　　2012.8.27

我穿着宽大的袍，在客厅，来回有五十趟。也很华美的夜，膝盖里犹如万只蚂蚁啃噬，痛不可忍。

我的宿命未了。

穿越红尘，我已经不与生命计较那么多，静默是我最后的姿态。如果我曾经离开，我也已经回来。而我隐忍的心，并不

|71

被善待。在这样的城，我被埋葬，所有旖旎和美好。

我的夜，回归宁静与淡然，然而我是孤独的孩子。承担，让我残喘。我不过渴求无忧的日子，谁将我的灵魂生生撕裂？越来越厌倦，越来越不喜欢，重复与解释。

多么渴望，同这个世界决裂，同这千丝万缕的不可语决裂。

我仍然大笑，仍然温柔，仍然娇嗔，仍然广阔，仍然芬芳，仍然全情而热烈。我的生命，生生不息。

只要一息爱情。

深夜的摩挲，渐渐清晰的脸庞，怎样失望我清醒又模糊的眠？我的指尖，划痛我自己的梦。

而我答应这个世界，好好过。

那么，请放我一条生路，不要只让我的袍华美，而我的心爬满蚤。

总有一束花儿等着我　　　2012.8.30

上个星期四，七夕。

我一直安静，不闹腾。而有时候，我像个孩子，嚷着要花，我真心喜欢花。

下午的时候，有电话进来，快递，送花的，我微微笑。也猜，会是谁，卡片上并不留姓名。

豆子的爸爸或许会送我一束花，或者，请我吃顿饭，每一个节日。

而那一天，我极其失望。

晚上回家，吧台上有一朵玫瑰，粉色的。豆子絮絮：啊呀，妈妈，本来是准备让爸爸单膝点地，送这个花给你的，可是你看，他居然还没回来。

　　我亲亲她，爬上床。

　　让自己睡。

　　是为记。

想念之外　　2012.9.2

　　我常常想，一个人，到底是受到怎样的重创，就会变得连自己也不认识自己。

　　曾经朗朗的样子，变得寂静。曾经轻快的面容，变得平淡。曾经浓烈的情愫，变得清浅。

　　或许，是突然而来的外部刺激，始料不及的生活变故。但我想，这或许能让一个人短时间内发生外部形态的变化，时间一长，还是会回归本位。

　　但我所说的，是质的变化。是一个快乐的人，彻底变成一个忧伤的人；一个充满希望的人，从此不再抱有希望；一个常常笑的人，忘记笑。那不过是因为失望，是坚持之后无果的一种失望，是吃尽苦头之后仍然看不见前方的失望，是无尽的热望之后的残酷，是不停追逐却不停被放逐的痛楚。

　　一个人，一种坚持，终究是太苦太苦。穿梭在芸芸众生之中，清白刚烈的一种苦。

　　如此的生活，醉也无聊，醒亦然。就想，生个叫土豆的娃，我会不会开心一点？

　　我并不认识自己。

二〇一二年

173

平凡的生活　　2012.9.4

连续三天浑身无力，晚上回到家就爬到床上，像条脱了水的鱼，早上醒来，没有力气爬起来，软软的身体，我不想承认自己精力的不济。

难道真的是因为献血？

这两天的体力耗得蛮多的，从早到晚，到了晚上才知道自己不行，好累好累的。

这两天，我说了好多话。白天的时候，我觉得我自己像只猴子，上蹿下跳的，一个事情又一个事情，一个地点又一个地点。

脸色是出奇的黄，不好看。

晚上的时候，有殚精竭虑的感觉。

我想休息。

爱哭鬼　　2012.9.5

不过是城东到城南的距离。

车子刹停两次。第一次把中午吃的东西吐得光光，很彻底。我惊讶于自己，中午有吃那么多东西吗？吐的时候，我居然想到三毛的《沙漠观浴记》，人家也是蹲在一个地方，挪一下，再一下，同时用手抓着沙子将她前面的脏东西盖起来。我脑袋里面是想笑的，因为人家是泻，而我是吐。要命的是，人家蹲在那里会突然唱起歌。我就没人家那么潇洒，我吐得很狼狈，我也抓不到沙子覆盖，连土也没有，而且，我不想唱歌，我想马上躺在马路上睡过去。

第二次是我吐完第一次之后，车子发动不过两分钟，忍不住，我又靠边。

挺到家，爬到床上，衣服自然是等不及换了，昏昏睡去。热热闹闹的梦里，真实又苍凉。

然后，我就醒了。脸上，全是眼泪。我侧向左，眼泪从右眼横过鼻梁，爬到左耳里；我再侧身向右，左眼里的眼泪，便横过鼻梁进了右耳。

我是爱哭鬼。

伞　下　　2012.9.9

暗暗的天，明响的雨声，我去买菜。一双旧鞋，一把破伞。

坐个人力车吧，不过千米之内的距离，五块钱，我觉得很贵。回来的时候，我决定自己走。内心并不怎么害怕这大雨，只觉得紧致清宁。

今天我只有一个人，我觉得很好，很好。

在梦中　　2012.9.9

即使在梦中
我也一路狂奔
跨越一个个沟壑
我稳健灵活
直到百转千回的路的尽头
是你一抬头的笑颜
我如不羁的风
环绕你的四方

而你对我说
我们并未相逢
我似个有着热望的孩子
遭逢冷雨迎头
我的梦
凝露成霜

她、他　　　2012.9.11

夜夜厮守，日日凝望。她还是有一种生切的痛，搅得她肝胆欲裂。

因为她知道，时间的尽头，一定是他们的分开。于是她笑着，分分秒秒，舍不得伤。一颗清澄冷冽的心，以一种最低的姿态，呈现在他面前，低着低着，眼泪就模糊了眼睛。

满心的欢喜，满心的忧伤。

这岁月的痕，浓浓浅浅，一路相随。

八月金桂已留香，而她的远方，在他的脚下，怎样蔓延，又向何方。

而一种情深当似海，是他之于她。

亲亲我的宝贝　　　2012.9.19

越来越疼爱我的小豆子。

豆子在家里最喜欢大声叫：爸爸妈妈，你们过来呀！等我们急慌慌地跑过去，其实并没有什么事，也许只是要我们亲亲她，也许是让她的爸爸抱抱她，然后冲我得意地笑：你看，爸爸喜欢我啦！两颗宽宽的门牙，也得意。

豆子五年级了，瘦高个，再过两个月就满九周岁了。她的爸爸是个忆苦思甜的爸爸，从这学期开学，动员豆子自己背书包上学，我自然是舍不得的，要过两个红绿灯呢，车流人流都多。他就朝我振振有词：我当年上学，爬两个山头两个山坳，还不是从一年级就一个人……我懒得搭理他，想想这样对孩子也好，我就忍痛同意了。豆子有时候会跟我描述她过红绿灯的时候的情景，讲得我心里很开心，因为种种表现，愈发显得豆子的玲珑。

早上的时候，我会做早餐给豆子吃，豆子爱吃泡面，我当然觉得是不好的，就教她煎鸡蛋，放在泡面里，豆子肯学，有积极性，像模像样的，有时候就自个儿要求煎荷包蛋，我替她系漂亮但宽大的围裙，给她拍照片，好一个妙人儿。

我常常想，这么多年，对豆子生活的照顾，其实是马马虎虎的，并不尽心尽力，并不面面俱到，但是，我关注豆子的快乐，我关注豆子的心灵和能力。

妈妈常常说，这小孩太皮了。

是的，豆子活泼好动。可是她快乐，这很难得。豆子一直在学画画和书法，之前学过钢琴和舞蹈。这个学期，跟我说，妈妈，不想学了。不想学没关系啊，我们就在家玩或出去玩，挺好。

我很纵容豆子，但是豆子肯听我的话。

豆子的作业总是马虎，然后她爸爸偶尔会打她，我就想笑。

豆子的自控力总是不够，有什么关系呢？她只是忘记了。

都说懂事的孩子不快乐，那还是让我的豆子快乐得久一点，懂事得迟一点吧！

二〇一二年

177

滑不滑　　2012.9.22

早上，我的大手牵着豆子的小手，文明路上一起开心地走着。豆子拉起我的手，在她的脸蛋上摸摸：妈妈，滑不滑呀？

我：很滑很黑。

豆子：妈妈，不是，是滑不滑呀？

我：很滑很黑。

豆子：妈妈，我是问你，滑不滑？

我：滑，黑。

豆子：我是问你，滑不滑，不是黑不黑！

我：又滑又黑。

豆子：妈妈，你讨厌，我没有问你黑还是白，是问你滑还是不滑！

……

如此反复，我差点暗笑成内伤：很滑！

豆子下巴一扬，三分诡异七分得意：嘿嘿，妈妈，我其实是偷用了你的洗面奶！

这夜何温馨　　2012.9.22

很多年的样子，都习惯一个人走路，倔强而孤清。而这个夜，我已经不习惯一个人走路，满心孤寂。

晚上八点多钟的小城，总是热闹的人和车。而我害怕这样的热闹，让我有一种压迫的恐慌，就像我害怕在高速上的感觉一样，那种恐慌让我丧失对现实的新奇感。

我双手插在背带牛仔裤的口袋里，有一搭没一搭的眼神，心也涣散。可是，好像一日之间，满城金桂开，香不可耐，我

178

踱进公园里，一树一树的香，夺人心魂。公园门口有烧烤摊，我靠拢过去，三两串，心思简单愉悦。

如果，如果没有一切滋扰：生活的重负，前途的微小与迷顿，内心最隐忍隐蔽的堪忧。如果没有，就这样慢慢地走，简约单纯地生活，匹之我尽千帆的心灵。

那么，这夜，何温馨，何芬芳。

凌晨一点钟　　2012.9.25

凌晨一点钟。

伏案久了，颈椎腰椎是不可避免地疼。论文也是写不下去了，情绪太多，不适合写那么理性的东西。

我的眼前，晃来晃去，现实与梦想的交缠。我还有梦，笑了。

想起，某人对我说，不要老是做那些超过你能力之外的事。有吗？我一直保留我的力量，对待这个世界，我没有尽力搏杀，我一直维护我自己心灵的澄澈明朗。我这么用功地对待生活，我只是希望有一个人对着我：姑娘，我已将你一力担起。我也会是个明媚无忧的人儿。

我一生中最爱的人。

衣服的香，我的发香，和着我的心香，夜夜生香。

你好吗？

是啊，我好吗？

我努力，好。

一〇一二年

只想对你说 　　　2012.9.25

又是我，一个人的夜。风虽清和，却寒彻我的心。

我有太多话，想要告诉你。

这些话，在这个世界上，我还能同谁说呢？世界这么苍凉。

这么多年的岁月，我一直固执地跟你对话。我那么明朗的样子，这么些年，渐渐沉郁，我习惯一个人，久久地坐着，微微地笑，长时间思考。我只是在同你说话，你一直都懂我。

过去的这么多年，以后的那些年，每一年的每一个日子，发生过或是会发生多少事，我都只想——对你说。我不相信这个世界的永恒，而我相信我对你的永恒。我只想对你说，我最真实的爱恨情仇。因为，你一直都懂我。

我被你放逐，这么些年。可是你看，我的坚持，成为我的信仰。无论你怎样，而我，都在。我相信，你一直，都懂我。

我想跟你说会话。

这么多年，我愈加沉默。当我喜当我悲，无法陈述。我只有淡淡地笑，淡淡地泪。我长大了，在你的放逐我的追逐中，我愈加坚强。我渴念你对我说，长大了，成熟了。我该有多么高兴。

这一切，我只想对你说。

可是你也听不见了。我没有变，可是你早就不在了。

谁能知道我呢？谁能倾听我呢？谁能让我对这个世界开口呢？

我再也不是那个漂亮的姑娘。

而一切，我只想对你说。

中秋节   2012.9.30

每一个节日，都过得支离破碎。
没有温暖，没有欢笑，没有希望。
青年时代的伤，经久地缠住我的心。
我无比渴念家庭的温暖，把节过得像节。
花好月圆人长久，从来是我最奢侈的愿。

无处安放的孤独   2012.10.10

当我明白：陈述，是一种弱症，我便开始了我一个人的孤独人生。

有时候，我需要陈述。生活种种，历历心程。但我已经更愿意，微微闭上我的眼思考。再绽开我的笑，面对这喧嚣浮躁的世界。

我愿意对一个人，嬉笑嗔怒，仅仅一个人。这变成我心灵的一个蛊，不欲自拔。

我是一个带着别人姓氏的女子——黄童氏，由此而来的安稳与隐忧，长时间让我静默。不争吵，不空洞，足以概括我的心灵与生活。

谁能知晓我最初与最恒久的欢喜？

谁能知晓我不欲承担的累人的生活？

谁能宽我怀？谁能解我忧？用我最希望的方式，最稳妥的模样？

孤独，因为诉说，而会变得不长存。

而我的孤独，无处安放。一种感情长时间的搁置，一种不灭的热望变得迟钝却倔强，重复的试探，让一个人变得执拗，

因为太希望得到明澈的答案。

我渐生成一副男子的骨气与力量：坚忍，宽阔。不言苦楚与为难，不言落拓与迷顿。

人，由而孤绝且孤勇，如果斯人长缺。

梧桐落叶秋　　2012.10.13

某一刻，我无法用语言描白我内心鼓胀的欢喜。

踩在深深浅浅的梧桐落叶上，我有想飞的感觉。心和身，随着谁的指尖，飞向很远很远的地方。

阳光洒进树枝，射在我的脸上，我欢喜又祥和。

白云无尽。

我怀念十一月的南京，因为喜欢铺满落叶的园子。我更喜欢现在，心里装满阳光和爱情的日子。

不管生命有多么苦，我也可以不在乎。

不管岁月有多么苦，我告诉自己绝不认输。

做一个美丽温柔的妈妈。

做一个让温暖与责任并存的家庭成员。

做一个好朋友。

做一个好爱人。

仅此。

树涛阵阵　　2012.10.14

树涛阵阵，在初秋的阳光里，连呼吸也变得多余。

我不知道一个人的心里，可以装多少忧伤。

这一段日子，忽狂忽静，忽喜忽悲，是希望与失望的交

我把春天还给你

织，是信念与现实的战斗，是理智与情感的交手。

在这样的大时代，我这样的小女子。

正好的年龄，灵活，稳健。

十多年前，一座山上一座庙，庙里一支签，签语：沙滩浅水困蛟龙。

那个时候，这句话给了我很大的精神上的力量，咬咬牙，就到了光明的今天。

而我的心里，常常爬满忧伤。

红尘滚滚，那些曾经盛开过的爱诺，那些我抵死不肯忘怀的字句，是我一段一段红尘路里孤独又倔强的守望。

没有什么可以重新来过，但一切可以从下一个路口从头开始。亲情，友情，爱情，莫不如此。复原是一个艰苦的过程，它需要动人的现实的覆盖，需要更有力量的当前来说服从前。

我喜欢一日三餐的提醒与陪伴，那才是我最安稳的心思。

树涛阵阵，气息微弥。嵌进我肌肤，微微的疼和浅浅的醉。

你在我眼里，我在你心里。

斯世如花。

有一条漫长的路　　　2012.10.17

有一条漫长的路。

无尽的等待，等待。

谁的眼眸深处，谁用十指缠绕，说等，等永远。

信念如磐，不动不摇，固守是一种最美的姿态。相思只是交会时的微笑，转身时的泪光，还有不能安眠的一个个长夜。

一切匆匆。生命，韶华。

谁为谁放弃过最好的繁华，谁为谁单执不尽的凄苦与神伤，谁为谁蹉跎，从似锦光华，到眼睑幽幽。

漫漫，永远是一个人的过程。

秋阳初好。

指尖生花，不过因为一切瑰丽只在心上，不在俗世。人间烟火，无法沾染无法兑现最初与最后的诺。

明天，是今天无悔的重复。而今天这条路，因为昨天的同行，也无悔。

一路向西　　2012.10.23

太久的等待，让人在秋阳正浓时，心也低迷。

由南陵县城，一路向西，是乌霞寺。这个下午，是我一个人的世界。

一路向西，心里装着整个世界。我给一个旧友打电话：想来看看你。她说：下午要上第二节课。

我黯然。这个世界，似乎只有我无所事事。放任自己，我不想写论文。可是我分明也渴望在俗世的生活里，追寻与感受最理所当然的简单的欢愉。

今天下午的乌霞寺，格外好。有三三两两的人，都是年轻的孩子，我以一种大龄的心微笑注视。工山镇小童星幼儿园正组织孩子们野外拉练，也在山坡上，幼儿园年轻可爱的老师教孩子们唱国歌，我没忍住哗地笑出来：难度太大了吧？

太多事情等我去做，我倔强辛苦又丰盛的人生。

人生，也是一个向西的过程。我正在路上，风景遥遥。

农历九月十二 2012.10.26

月亮，已经快圆了。就算农历九月十五的月亮，也不那么生动，不那么能够安慰人。

而夜，却是静的，直抵一个人的心的最疼处，以一种无声却绝对的力量，陪伴一个软弱又清刚的灵魂。

恍恍惚惚，生生死死的意念，一个人的时候。

最温和的面容，最和煦的微笑，最淡然的姿态，永远是一个受过深伤的人。谁能阻挡一种千万人之中，纷纷扰扰之中，清清静静的冷淡与傲然？

半生着素裙，一世披彩衣。

青青草地，闪闪暗夜。我害怕，等不到天明，等不到卷卷白云，等不到湛湛蓝天。

人群迟迟，散去。温热尽失的马路。两眼茫茫，无觅处。这人间，何欢何惧。

我们的天涯海角，捧着一颗裂成碎片的心。城中传来汽车驶过的声音，地动尘扬。

禅心不再。

这一世，这一份心，拼了命也没能让别人懂得。眼泪便渐渐凝成心霜，穿梭于温热的血液，却是不变的寒彻入骨。这尘世，何处碧草齐天。

叶落无声夜，踏不尽，素时锦年秋。

渐渐隐去的霓虹，远去的笙箫，淡去的红尘。夜更深，露更重。

谁的呼吸渐沉渐稳？分明已失人间爱。

心灯，幻灭不宁。谁在努力，弥补半生已错过的，我的青春？

二〇一二年

我的脚步轻迟，我的呼吸细微，我的姿态清淡，我不能惊醒，这世界的安宁与稳健。

路花盛绽，其红纷呈，暗夜也妖娆。其言切切：珍惜，珍惜。

泪，轰然跌下，浸透悠悠不眠长夜。

幸福像花儿一样 2012.11.1

这一天，我都很快乐。

睁开眼的时候，阳光已经透过粉色的纱窗，洒在我的床上。哦，我是个妈妈，我愉快地起床，逗我的豆子，刷牙洗脸吃早饭，再送去学校。然后，我是个酒店的老板，我要去菜市场，看一看各种菜。早晨的菜市场，充满着人间烟火的味道，虽我不能入其中却是无言的欢喜。那么，我今天，不要做学生，不要做功课，我要给自己放一天大假。去看看我的家人，看看秋色正好的田地，看看这美丽无比的人世间。通往老家的318国道，美丽又美丽的路。晴粲的阳光，柔长的秋风，飞舞的杨叶。这一切，在我的心头，舞着，舞着。我一直含笑，谁说一个人的路，一定充满孤独。我满心欢喜，不留惆怅。

我来到姑姑家，这么多年，我一直是姑姑疼惜的孩子。当我错，当我累，当我喜，这个地方都是我所能到的，最近最愿的去处。姑姑家的小院，角落都铺满阳光。我们坐在椅子上，散散地聊，宁静又宁静，我们的家族，我们的家人。

我并不舍得离开。我愿意，一锅一碗一粥，了此余生。滚滚红尘，已经在我心里，这世界已不能诱惑我半分。我爱，我不爱，如此而已。

野菊花，丛丛簇簇，散在田头山间，我车子开开停停，摘下一丛一丛的花儿，深深地呼吸，在这三四点钟的阳光下，金黄色的花儿，泛着金黄色的天空，还有我喜悦的脸庞，我盛满这人世间的丰润的心。我的心脏，没有负担地规律跳动。此时，我真正健康爽朗。

路过小镇，一群中队的朋友在巡逻，正停在一个超市旁，我踩刹车，摇车窗，笑。他们围上来，通通盛赞我的花，还有我的潇洒。我的得意，一定写在脸上。其中一个递给我一瓶阿萨姆奶茶，我并不拒绝。谁愿意拒绝这样简单普通却又真诚的友好情谊呢？我笑，加油门，回到这纷纷扰扰的小城。

幸福像花儿一样，等待一季盛开，一夜凋零。

星语心愿　　2011.11.4

女子长时间伫立，静默，沉思，微笑，泪光。

这一个一个日子，美丽中相生不尽的忧伤。半生劫数，渐渐荡开，伴随着新生。秋叶一片一片，铺成生命中的最锦绣。

凝望，凝望。不厌，不倦。

多少黄昏的忧伤，不再；多少彷徨的等待，不再。相伴相守，相思相怨。

多少深重的感激，凝成内心岿然不动的信念。固守，成不变的姿态。

明天，也许风住雪来。害不害怕？怕的。那还要不要走下去？答案亦是肯定的。

这一生，如果不肯为一份最懂得去披荆斩棘，为什么要走这一遭？

夜凉手凉，如果凉的不是心，又有什么关系呢？只要梦里，执手相看，万里晴川，自落落。

窗外，霓虹闪闪如心。
女子的眼，闪闪如星。

银杏迟迟　　2012.11.18

我该如何让你明白
这一路旖旎
以及
我这一颗流光溢彩的心
一缕一缕斜阳
斑斑驳驳的影
投射我的心窗
我用我美丽的发
缠绕你的心
来吧来吧
我在银杏树下等你
等最后的拥抱
一季又一季
可是我最亲爱的
你的声音迟迟
任寂寞爬满我芬芳的脸庞

让　　2012.11.19

让我在最荒芜的时候遇见你
让我在人生空白的时候与你相逢
让我

在尘埃与云朵之间
缓缓升腾
那么
痛不会是痛
泪不会是泪

这尘世恋恋
让我最娟好的模样
与你缭绕
深窗独坐
心霜初凝
让我
如南燕独舞
在你的眼前心上

如果让我在最荒芜的时候遇见你
如果让我在人生空白的时候与你相逢
那初绽的温暖
与呼吸相依

我最亲爱的　　　2012.11.22

听一首歌《我最亲爱的》，张惠妹的，从昨天到今天。

天气是安静的，一点点雨，不那么热烈，我也安静，有一点点弥漫的忧伤。家里也是安静的，我是个乖孩子，翻着眼前一堆堆的资料，一个字一个字地写我的毕业论文。速度是慢的，但是我没有停下。限期内，我会顺利给它画个句号。

"我最亲爱的，你过得怎么样？没我的日子，你别来无恙。"

早上的时候去打印室，都说，你就像个日本动漫里的主角。我笑：裙子穿短了？答：不是，是漂亮。我上去一巴掌：净瞎说。

而今天，是感恩节。感谢授我发肤的父母，感谢给我快乐的豆子，感谢我的爱人，感谢一切同行的温暖与伤害。

依然亲爱的，我没让你失望。

长久的坐，让我的腰酸颈痛。这样身体的感觉，让我自己有种清晰在人间行走的感觉。我害怕麻木，我宁愿清醒地苦痛幸福。

你最爱的我的开朗的模样。

你知道吗？　　2012.11.23

你知道吗？这是我梦中的夜，梦中的霓虹，梦中的笑。

雨有点大，透过开着的窗，砸在我的脸上，砸响我明澈的笑。

这一条路，我走千百遍，也不厌倦，你知道吗？

深秋初冬，我怎么不冷呢？你知道吗？有一种温度从掌心蔓延到心头，穿行在我的血液，我觉得此生那么值得。

你知道吗？老师们夸我，是个明媚的可人儿，是个人情练达、世事洞明的大女子，你高兴吗？

你知道吗？我喜欢这样生活着。我的辛苦，我的汗水，我的努力，我的坚韧，我的开拓。

就这样，深深地深深地爱着你，友情的、爱情的，都可以。

你知道吗？银杏染秋。

深圳，你好　　2012.12.4

深圳是个好地方。

十一年前，我在这里度过我此生的第一个没有雪的冬天。

去一座城，只为和亲情相守，是一件最最令人幸福的事。

十一年前，我跟妈妈在这座城工作，为我们最简单的生活。那个时候，妹妹在老家读高中。

而现在我来，是因为妹妹在这座城工作，要当妈妈了，待产。

十一年前，我一定要赶在年初一到上海，所以我乘年三十的火车，那年的年夜饭，是一碗泡面和列车上广播里一首首团圆的歌儿。在上海站等我的，是那个时候令我魂牵梦萦的春平哥哥。所以，我很幸福，忘记所有生活的苦。

深圳的冬天，依然阴阴雨雨。树，依旧是葱郁的。不同于318国道南陵至烟墩段的意杨，不同于芜湖127医院里的梧桐，不同于九华山路上的银杏。车流人流，依然。我不用仰首看天，最美丽的风景在我心里。我自己的宁静与安静，这样幸福的岁月。

花，依旧是浓烈的颜色。紫荆，并不是我钟爱的。

写　信　　2012.12.5

我一直等待
等待收到你手写给我的信
等了好长的时间
像初识时的那个样子
用一笔一画温暖我的日子

偶尔

我会说

你手写一封信给我吧

你也说

会的会的

可是你看

妈妈都嘲笑我

你这样一笔一画是写给谁呢

还有谁像你一样还用笔写信

南国的风

吹得我宁宁静静

我的诗篇

没有被泪水打湿

而我的微笑

穿过一座城市又一座城市的霓虹

落在你温温热热的唇角

而你眼中升腾的雾气

模糊了我的字字顿顿

我有这样一个怀抱　　2012.12.7

我有这样一个怀抱

当我笑的时候

可以滚进去笑成一团

当我哭的时候

也可以窝进去蹭我的鼻涕眼泪

蹭干我潮湿的脸与心

就这样一个怀抱
当我犯错却倔强的时候
也肯拉我进去
让我的心听到希望与力量
而当我任性离开的时候
总是捉住我故意的迟疑
让我乖乖埋进去我的脸红
就这样一个怀抱哟
让我的哭与笑呀
还有我的倔强与任性
从容游弋在这一个个日子里
让我常常觉得
最幸福的事
就是
快快老去
快快老去
青山绿水间
怀抱再也无时
就像你说的
我们白头

告诉自己不难过　　2012.12.9

不管多么伤
不管多么慌
我都会告诉自己不难过
走在每一条路上

穿过每一丛荆棘

我都会告诉自己不难过

生活是一条累人的长途

一路走一路灌溉

荆棘的尽头一定是别样的风景

不要害怕无尽的等待

不要害怕被误解的阴霾

不要害怕被辜负的无奈

不要难过

跨越岁月纵横的伤

美丽的光芒就会笼罩我并不年轻的脸庞

告诉自己不难过

即使今夕明夕

你不在我身旁

爱的小孩　　　2012.12.10

这大半年的日子，我常常生出再生一个小孩的想法。

上午十时，妹妹剖宫产下一名男婴。婴儿车被护士推出来，我一看，小家伙眼睛骨碌碌地睁着，白皙又精神。

我笑着笑着，眼窝就热了。

病房里，妹妹对着妹夫的脸，声音弱弱但很有力：这下你满意了吧？

我觉得，对女人来说，能为自己爱的人做一些事，是幸福的。

而最幸福的，除了照顾好自己所爱的那个男人的妈妈，应该就是为他生一个小孩了。

我在深圳的日子 　　2012.12.12

我坐在深圳市龙岗区德福花园6幢1E的阳台上，声音平淡真切：你如此不挂念我，不回去了。

我太贪念这样人间烟火的日子。

来时路，有什么放不下的呢？没有。

人无远虑，必有近忧。而我有的，统统是明天的重重的负。至于眼前一件一件，我统统可以妥帖，踏实稳健。

我在深圳的日子，短短小小，然熨帖无忧。存在感从没有过的弱，减轻了我心理上长时间的重负。不过是普通的样子，拎购物袋、买菜、挽发、扎围裙，厨房是我幸福的天下。多么好，我愿意这样，一生一世。如果生活不让我累，如果没有那么多现实让我扛。

我不知道还有什么事，比跟家人在一起，更有建设性意义，如果豆子也在我身边。

我从来不是一个胸有大志的人，我只想着安居乐业。

这些时候，都是一个人置身世外一样，思考。想好了，要坚持什么，要放弃什么，清清楚楚，迫不及待。

我坚持为我的家人继续努力，我坚持我爱你。

我放弃尘世艳羡。

情　怀　　2012.12.30

常常，我是一个行动中的人。

高兴的时候，我有对待高兴的行动；悲伤的时候，我有对待悲伤的行动。

我以为，覆盖是一种必然的康复的形式，直到我愈来愈宽

二〇一二年

195

阔却愈来愈沉默的心。

雪花绽放的时候，我静静地站在窗前，看漫天飞舞。心里装满了一种感情与热望，关于相守，关于永恒。地上的雪一点一点积累的时候，我带着两个孩子，在雪中飞奔、笑闹。一种简单的快乐，一种成熟的悲伤。

情怀，是一种美好。

我有最美好的情怀，我却是一个穷人。

雪花时节最怀君。

而当我从梦寐中醒来，雪亮的阳光晃住了我的眼。我错过了最美好的前一夜，不可追。

冬月十九　　2012.12.31

我都不知道，已经是一年的尾声。山中无甲子，人间日月长。我心已归去。

冬月十九的月亮，穿过一片昏黄之后，清冷明亮。月光下是我冷冷的影子，凉凉的手。从来对生活没有失望过，从来肯容忍生活中一次又一次的瑕疵。一切，仍令我无比难过。忘却，怎么忘却。骨血亦有梦。

梦里，一次又一次披荆斩棘，一次又一次趟过泥泞，很多辛苦，很多倔强，很多坚持，很多咬牙的时候，一如这许多年的现实。我不害怕舍去，我知新生是怎样一种柔软的美好。

执念与希望，支撑我一直向上的生活，支撑我一直无关尘埃的心。

当生命中一直的希望，像星星一样明明白白闪烁在我的夜晚的时候，我忘记了与希望相生的疼痛。我似一只飞蛾，朝向我以为的温暖与光明，直至灼伤至血肉模糊，我仍清醒忍痛。

怎么覆盖？

分明觉得这许多平静美好的日子，是我半生希求，是我肯喋尽心血孜孜以求的。我从来不肯怀疑永恒，我从来相信承诺，相信那么多美好的日与夜。

我鼓励自己，一切躲闪与退让，不过是现实的无可奈何。可是谁说，爱得不够，才借口多多。

而这个荒寒的夜，我宁愿一个人冷冷对峙这个天地，也不肯眷恋一个犹疑软弱的怀抱。

我的天空，从来明朗，像五月的情怀，无语千姿。

二〇一二年

197

二〇一三年

山草青青

山脉驰驰

风动树叶摇

雨落山花笑

路这么长　这么苦

我不要谁的谅解

雪中飞　　2013.1.4

雪势已经弱了。晚八点时，我走在籍山大道上，踩在路上已经有咯吱咯吱的声音。这个时候，我想调皮，想在这浅白的世界里，洒下一路欢愉与希望。一场雪，两个人。

不长的路，从店到家。有三两辆熟悉的车停下：载一程？我微笑着摇头：不，我要走路。

我要走路，我要习惯一个人的夜晚，习惯夜晚的疼痛，习惯一种思念，习惯心无所托的冷冽。这是一个真真正正浮华热闹的世界。我这一双眼，我这一颗心。我用尽我的力气，也不能与这个世界同舞。铺满薄雪的路，亮了这个世界。而我的叹息，一遍又一遍。匆匆，太匆匆。我能拽住什么？我能揣下什么？

一路相随的勇气，一路相伴的力量，一路相依的坚持。在愈来愈现实的生活里，我被感染的无奈。我怎么了？我不是那个最无惧无忧的人儿吗？生命不逢对手，空蹉跎。

我是不是，不再爱，在无数次的挣扎与无望之后。

人同花相似　　2013.1.8

2012年，我写过但愿人长久，月不能长圆，人也不能长久，但是我仍然热爱并相信这个世界。

2011年1月，我沉寂苦痛久久的心，曾经温暖复苏，2011年7月，我曾经燃起过对生活的热望。我以为，我还是我，那么我们也一定还是我们，所以我不对命运投降。直至，燃烧过后的灰烬，也随岁月爱恨，齐齐入土。

而我的幸福，常常在心底开花，小小的，满满的。在施与

199

二〇一三年

受之间，我是个十足的有福之人。

我总以为，一切可以天长地久，包括生命，也是以一种别样的形式，长存在这宇宙之中。所以，实在不要与这个世界计较。求仁得仁，不过是最能安慰人的一句古语。我告诉自己不要沉沦，为不可得。

世界并没有什么不同。朝与代的改变，不过是人的宦海沉浮，故事永远是大致的情节，不管怎么跌宕，都无法超越，无法常新。不管在哪一种环境中，历史、世情、政治、经济、生存、生活。怎么摆脱？哪一种层次，哪一个圈子，同样的悲欢离合，总无情。走向高处，要走向心灵的高处。一切似锦繁华，从眼前掠过就好，浮生无须心心念念。

看惯了红尘追逐，茫然却痴心。我觉得自己，清醒执著。

2012年，对我自己的人生而言，是一段成长而愉悦的路程。虽然总是有太多不能圆满的事情，但是我自己知道，已经拥有一个新的视野。生命中的痛，有时候会觉得好一点，因为灵魂暂时安放。冲淡是一种味道，我慢慢饱满这种味。除了我浓浓烈烈的爱，我看淡一切。

也常常，夜半悠悠转醒。由模糊到清晰的洪荒，填满我整个后半夜。但是我依然能在洪荒里，完成我的下半个梦。

我或许不能拽住，但我正在经过，这生命中最最华丽的际遇。我原谅自己心太急，恕囿这个世界的情非得已，皆是害怕失去。

如果，能继续这一年，我希望，岁岁年年，人同花相似。

向日葵　　　2013.1.12

你是阳光下最安静的那一株植物

在白天在暗夜
生长也妖娆
微笑暖暖姿态奔放
侬侬香香

我在你眼中
是阳光下最安静的那一株植物
静若青莲
绽放如荷

那不是我
我只是一株向日葵
坚持温暖向太阳
如果你知道

与岁月恋爱　　2013.1.14

爱足了这样的下午时光。

打开门的时候，一室明亮，地板也像一面反光镜。我把豆子的棉袄鞋子通通搬到太阳下面，把自己也放到太阳下面。窗帘的温度也是适宜的，连同我适意的心。

没有欲念，没有物念。

我很想你，我和阳光一起都很想你。

这样便有了惆怅，有了离人心上秋的索然。

我的背，隔着玻璃，暖暖的，阳光在我背后。

太阳，月亮，星星，白云，我要选择的是太阳和白云。如果心比天蓝，那么阳光下，云卷云舒，那么心海无涯。

心始终在原处，但始终不会是一夜罗马。我期待漫天漫地的裹挟。如果不，我不。如果是黑夜，那么习惯黑夜。长擎明灯，终归是辛苦又辛苦。

如果你要问我，怎么度这悠悠时光。让我告诉你，与岁月恋爱。

不老不倦不死。

如果你在我的途中　　2013.1.16

如果你在我的途中
看我的脚步迟迟
看冬风不败的香樟
看我清冽孤直的影
如果你能看得见
一行一行眼泪如诗
滑过我温热的脸庞
如果你知道
我伫立在你的脚印上
仰望农历十二月的天霾
只为眼睛与眼睛的重逢
任风起云动
我的心思良然
如果你在我的途中
我不会害怕山长水阔
迢迢遥遥

凌晨三点钟　　2013.1.17

凌晨三点，昏昏昧昧的样子，已经无数次的翻转，异常清醒的眼和心。窗外淡淡的灯光，洒在我静静却温温的被面上，提醒我这座小城此夜未央。双臂交缠，给自己温度之外的安全。怀抱温良，是我倔强孤绝的心湖，不能惊扰，只能默默。

并不是静得听得见自己的心跳，但是知晓呼吸与暗暗黑夜同在。没有往事，只有现在。现在，我与自己的影子痴缠。年华如水，我在水中央。

闪耀如星，我凌晨三点钟的眼眸。

静静隐去的灯光，缓缓亮起的天空。人声起，车渐忙，又是一个天亮。

美丽无涯　　2013.2.8

这样美丽无涯的日子。

每一个年末回望的时候，总是充满对自己的肯定与新期望。三百多个日子，总是没有白白过。不停地朝自己梦想的方向，近一点，再近一点，我肯定自己的辛苦与值得。

被问道：2012年最快乐的事是什么？

想一想：快乐的事太多，如果只允许说一件，那太令人快乐地不彻底。如果可以，一件一件慢慢说。

有洗耳恭听的三个人。

顶顶快乐的，就是在深圳，跟妈妈妹妹在一起的日子。那种踏实与安稳，弥补我太多年家庭生活稳定性的缺失。差不多半个月的日子，快乐那么久，多么不容易。

又下雪了，雪花茫茫，隔着一千里的距离，我说，明年，

二〇一三年

明年我们一起吃年夜饭。

这是我2013年的心愿。

我努力，合家欢乐。

在爱的目光下。

除夕这个夜　　2013.2.9

是在吕山吃的午饭，回来很累，很累，竟不能支。这一场感冒，耗尽自己的精气神一样。持续的时间长，症状也不减退。下午三点钟，我爬上床，窗外爆竹此起彼伏。我只是休息，和衣躺着，略略觉得好些。六点钟，去店里烧香，发财香呢！生平第一次。不知道应该点哪一头，巴巴跑到隔壁的诊所，仔细端详他家门口的那炷香，学会了。路上，空气冷冽，手揣在袋里，是我喜欢的感觉。

坐在电脑前，两三个小时，颈椎便痛不可忍。穿鞋，出去。南陵广场的热闹，跟我想象的差不多。我喜欢自己温热的身体，这样行走在清冽的空气里。一张张年轻的肆无忌惮的脸庞，一声声欢心跳跃的尖叫，在满场烟花里，共同绚烂。有一种烟花，我极喜欢的，像一条游龙，直上漆黑的天，持续的时间很长，足以让我站在那里，完整祭奠一份盛世的爱情。孔明灯一定是不能少的，载着一个一个温柔的愿望，能不能照亮，又可不可以悠扬进入那个人的心里？

当我抬起我的脸，当我的手被温柔牵握，当我在除夕夜。

我美丽温柔又无比冷冽的心。

听说风雨　　2013.2.18

听说风雨漫天
听说我不会害怕
听说你在我身边
听说

听说你从来都知晓
听说你相信我的笑脸
听说风雨还在
听说

听说
听说
我转转回回
听说
我从来不曾改变

听说风雨
我不知这下一秒
迈向何处

听说风雨　　2013.2.18

听说，外面大风大雨，我心里有些害怕，一个人走。
我赖在吧台，有一桌客人在打牌。
新年的第九天了。

一切平平的样子，关于新年的喜悦与期待，统统没有。

从年三十到大年初三，我整天待在家，并不出门，终于完成毕业论文初稿。敲完最后一个字的时候，是中午十二时许，我直起腰，站在客厅阳台，许久许久，并不觉得辛苦，但是内心，苦极，苦极。我的喜乐哀愁，这个世界上，还有谁在恰如其分的时候，来倾听？我的爱恨情仇，还有谁能在恰如其分的时候，让我诉说？像今夜，像这风和雨，像我此刻内心的忧惧，我轻蹙的眉心，统统不对的时间与地点。

这个世界并不能让我看到希望，我脚步坚毅顽强实则虚且疑，我越来越沉默。

我有一颗爱笑的心灵，我有一颗简淡的心灵，我有一颗剔透的心灵。

这世间，我看淡一切，我为难我自己。

然，我爱着世界。

无月无日　　　2013.2.25

黑色如泼
覆盖朗朗夜心
如果星星知晓
月亮踽踽独往
必不会在云上
繁盛荣昌

我在云上爱你
我是云中月
一朵一朵云

弥散我背影里的忧伤

如果星星知晓

如果你也知晓

在这月圆夜

月这样苍茫

我这样仓惶

春 来　　2013.3.8

这一阵子的困顿与疲倦，实在不能找一个合适的人慢慢说与。

天气晴暖，春醒的样子。在来与去的途中，一个人的风景，略略寂寥。菜花的盛季到了，各种芬芳亦如约沓来，黄昏的太阳折射在我的脸上，予我深深的喜悦与惆怅。斯人不存，与谁共春。

一个人苦捱的日日夜夜，竟让自己在面对生活许许多多的镜面时，尤而宽阔与智慧，这不能不说是一项苦中作乐的成绩了，而我实实渴望安居乐业。常常站在一式一样的田野上痴望，心里的声音一遍又一遍，就是这里，就是这里，我灵魂安扎的永恒地。

面对逝去，深深明白生命半点不能由人。我仰头低首间，试问：多少营役，才能安握彼此的手，清淡恒久远？三月樱花似雪，落满我一心的美丽与疼痛。长存的，总是纷扰与枯寂。

有多少失望。

当我坐在你的面前，当我以爱情的名义，当我含笑语语，当我谅解这人世间一切人性的弱与病。

有多少执念。

只为无数黑夜，我所有的固守与姿态，我赋予自己的值得。

春来，我踽踽而行，在人生的田野上，且行且思且停。得失难计，不若心海比天，笑语纤纤。

春好无限　　　2013.3.16

春天来的时候，我在路上，在车中，在屋里。

四季有声，涌动澎湃的春。

路上，草莓棚外草莓摊，都摆出来了，茬茬相连。菜花渐渐就黄了，麦苗慢慢就浓绿浓绿了。白玉兰，广玉兰，樱花，桃花。

春好，在我的眼里。惆怅，在我的心里。

我竟不能走向春天，走向涌动与澎湃，我只有惆怅。

夜里总是有一些寒，春寒。抬起头的时候呢，广寒的天空，分明冷冷的孤星。我读懂了它，就像它明白我一样。

我并不忍心，置自己于似锦繁花中。如果，两个人的世界只有我。

满室阳光，也偿不了我最抵死的愿，蝶舞两蹁跹。

书中自有颜如玉，屋里是我和书，屋外春好无限。

梦　　　2013.3.16

梦，欲醒不醒的梦。

怎么可以再睡，要起床了，那么多事情等着我，心慌的样子，全身的力气去了哪里？我怎么睁不开眼？

至少是下午四点了，我对自己说，起来了，起来啦，去店

我把春天还给你

里了，不能再睡了，电脑旁还堆着那么多书，可是我怎么爬也爬不起来呀！？

豆子轻悄地进了房间，一次又一次，我知道的，她掖了掖我的被子，我想张口叫，扶妈妈起来，可是怎么也张不开口呢？

就要四点半了，真要起来了，店里开始上客人了，怎么办啊？汗，狂汗，我叫不出声音，我忧惧无比，我怎么办？

哦，我的身旁，还有沉沉的鼻息，我伸出手臂，我偎过去，还好，还好，我不是一个人，我触上那张深爱又深爱的脸庞，突然云间悬崖，我来不及尖叫，我沉入谷底，万劫不复。

我霍然而起，四周无人。我的房间，幽幽暗暗。

原来，只是梦。

暗夜有尽时　　2013.3.25

早六时许的芜湖站，有着逼人的春寒，我穿着薄呢外套，然，我身心瑟瑟，一秒钟也不能在这人世间多撑的样子。生活这么孤单，这么无助。如果没有下一个路口，如果没有下一个站台。何处起繁华，何处演落幕，何况这一场场苦与累。

老师逼着论文要定稿了，各个单位齐齐逼着要账单了，要去银行缴各种费用了，林林总总的全部是这三五天的事情。还有豆子：妈妈，今晚睡着前能看见你吗？我摇摇欲坠的身体，我坚韧不拔的心灵。抬头看天，月晕和着朝阳，白天和黑夜的交缠。我告诉自己，熬过天黑，就是黎明。

浑浑噩噩在城里，我把自己丢在一张大床上躺着，只是躺着，怎么睡得着呢？内心长时间的关于现实的隐忧，一切一切。

209

想起一段话：我这半生，渴望被人收藏好，妥善安放，细心保存。免我惊，免我苦，免我无枝可依。

眼泪就从眼角滑下，流进耳朵。

谁曾呵责我：我说你，吃尽自己脾气的亏！

我气血上涌，陡然尖锐：什么叫吃尽自己脾气的亏？难道凡事锱铢必较，量后果而后行，务必求得分毫不损，才能去立意做或者不做一件事？我从不若如此。我或许辛苦，但我心安。也难怪你，一直过得这么好，水红花色！当我遭遇生活与心灵的困境，我需要鼓励与帮助，我需要来自周围包括你的提点与诚心诚意的谅解。但是我绝对不需要，你这样所谓世事成熟的感叹！

我承认活在这个自力更生的世界里，我尚存孤勇。因我从来相信，自己的心安理得不过是因为多年的毫不懈怠。对于荆棘与挫折，我愿意诚心肯定它们的价值，愿意以己之力，逢山过山，逢水过水。

因为我相信，暗夜有尽时。

假使我不够爱你　　2013.3.28

假使我不够爱你
春天该一样蓬勃
冬天该一样晶莹
秋天该一样唯美
夏天该一样热烈

假使我不够爱你
这春闺夜里

一梦一梦的笑
一地一地的泪
我眼眸深处的疼痛

假使我不够爱你
我看不见
这四季的变迁
我无法觉察
自己流离失所的心田

我把春天还给你 2013.3.30

我把春天还给你
在沐沐三月的风里
在樱花桃花漫天的空气里
还给你最初的澄宁

我把春天还给你
以我半生最动人的姿态
以我余生最全然的勇气
还给你一程从头的山与水

我把春天还给你
还给你所有你的温柔
还给你所有你的眼眸
还给你所有你的痴嗔
还给你所有你的掌心与怀抱

二〇一三年

还给你
最终的安良

我把春天还给你
我只有我的唇我的心
我只有狂泻不止的泪
我默默又默默的影

我把春天还给你   2013.3.30

如果，没有梦了，我把春天还给你。

春天的时候，总是那么恣意汪洋。繁花朵朵，我躲着，躲着。我怎么愿意躲呢，我那么热爱这个世界。何况，蚂蚁都开始谈恋爱了。

我把春天还给你。太久的等待，太深的伤痕，太多的无奈。

我的心，那么多温柔。何处置放呢？这么惆怅的春。

我只能把春天还给你，因为我别无选择。错过的，想抓住的，忘却的。

梦里那样的时光，我在草莓园里笑，再也没有那样的笑脸，再也不会。知道是梦，知道留不住。在梦里，我急着哭，泪湿的枕头，晒也晒不干。于是，我知道了，我该要把春天还给你。

我想看见，最初的，最终的，你的春天与幸福。

光阴的故事　　2013.4.2

　　我想过很多次，一个人，坐在您的面前，看您的殷殷笑容，跟您说话，说我的一切，我一直信赖您。

　　崇岭山下，您酣眠沉沉。

　　再也没有人，像您一样，以一个长者最透彻的眼光，看见我的辛苦与不易，以最朴素的方式，关注关爱鼓励帮助我。

　　再也听不见那样的声音：

　　童老师，你要注意身体啊！

　　丫头，酒店搞那么大，那么大压力你怎么承受啊！

　　芜南路上车多，你来回跑要注意安全啊！注意休息，免得开车打瞌睡。

　　有时间的话，要多跟你们校长沟通，他对你很照顾，你要知道感谢他。

　　……

　　世界这么苍凉，谁能知晓谁能理解你之于我的这一份厚重和怜惜呢？

　　崇岭山公墓，我泪如血涌。

　　那么多座碑，我找不到您的名字，白菊在我怀里哀哀。我责怪自己千千遍，茔墓谒谒，我居然找不到您，汗泪双流。

　　我害怕错过您，我张大我的眼，来回，一遍又一遍。我的心脏突然跳得好快，我知道近了，我离您近了，隔着三座墓碑，您的目光慈爱温暖。

　　我挪不开自己的脚步，只觉得，是爬到您的面前。手也伸不出去，触不上您的脸庞，冰冷的碑面，我狂跳狂痛的心。我张开嘴，说不出想说的话，我多想，身着彩衣，在您面前，浅笑盈盈，我不要这样，一身素黑，天上人间，祭奠您予我的这

二〇一三年

213

一份亲厚。

如果您生命犹存，总会清减几分我这个春天的忧与凉。

我不能，长哭当歌，为失去的痛和所承受的生活的苦。因为山下滚滚红尘，是我不能弃去的当下。

那么，让我擦干泪水，牢牢记住我今天走的路，记住您长眠的桂陵区。

岁岁年年，您在我的心里。

秋千上的姑娘　　　2013.4.17

秋千上的姑娘
闪闪如星
凝望霓虹下谁的张皇
姑娘的梦想
在季节里岁月里绽放
噼啪作响
姑娘在月下花前
芬芳如华
弹指间
心何间
如果鬓不染霜
如果梦永痴狂

秋千上的姑娘　　　2013.4.17

再也没有那样的眼神，在秋千上紧紧又冷冷地停伫在我霓虹下的脸庞，你低低地叹。

湖水静静，如我清泓的内心，我从来没有变过。

是的，我从来没有变过。

还是年少时的娟好，年少时的执念。

歌已向晚　　　2013.5.1

守着一个城，守着一个人，守着一个念。

如果，我能和你相守，我不会选择分离；如果，我能和你拥抱，我不会选择只并肩；如果，我能和你牵手，我不会选择遥望。

如果都不能，我只要，你尚在人间。

如果你知道，有一个女子，瑶琴一般，相思暗写，从初遇的澄明，到如今，双丝网，千千结，如刀似水。不过因为，此调生生为君弹。

那么，这样缺少天真缺少情怀缺少喜悦的日子，那么，那样充满活力充满期待充满效率的未来。

我低低地叹，只为多看你一眼。

谁能相信我最朴素的天真呢？谁能肯定我对于这世间的坦诚呢？谁能赏识我对这人生的尽责呢？谁能了解，我的那么低的生命欲望与希冀呢？

爱一个人，必是要为他活得更加漂亮，更加妩媚，更加勤奋与积极。我以为我是。

当现实的心灵的艰难困苦一次又一次横亘在我面前，我从来不会忘记提醒自己，因为爱一个人，我应更加勇敢，我应更加灵活与稳健。这世界，虽处处荆棘，但心呢？应从来坚定不移，实在不应因着未遂的心愿，而糟蹋自己的灵魂与现实。我以为我是。

一重又一重的失望，一程又一程的等待，我鼓励自己，我为的不过是自己的心，不必与这个世界计较真实与虚妄，不必苛念，这世上尚有回念这回事。我以为，一个优异的女性，必是有足够的心灵力量，承受经常的、长期的来自这个社会的冤枉。这个社会，总是不少相信自己的人，总是缺少赏识他人的人。

我们急于从各方面肯定自己，我们却没有胸襟去接纳他人。

中不偏，庸不易。

而你说，真的吗？

当霓虹渐落，当香樟微弥，当我携所有的梦想与美好，所有的过去与将来，离开这座城，又回到这座城。

君若知，歌已向晚。

你的名字　　2013.5.10

你会因为一个人的名字而爱上他（她）吗？

我相信是的。

但至少有时候，我们会因为一个人的名字而更爱对方。

那个自己喜欢的名字，赋予我们内心别样的遐想，让我们有理由相信，那样富有内涵和诗意的名字，加上那样一个人，一定会是自己生生世世的好伴侣，一定能在刀光剑影的俗世生活里，找到一片安宁的天与地，与自己共度。

这样想着，天地霎时光芒万丈，优柔不再。

北京遇上西雅图　　2013.5.10

有一次同学聚会，初中同学，一桌子，微醺，渐入佳境。有一个同学，好似从头忘了家乡话怎么说一样，老是京腔八调的，一会一个升调"嗷？"，一会一个"是不是这样子的啦？"，捋起袖子端起酒杯："要不要咱们来一个见底儿？"

坐在我旁边的一个勇士，时不时跟我说一句：I have a dream.（我有一个梦想。）我惊异地看着他，他坚定地说："我一定要让这个洋货说句土话！"遗憾的是，这一桌的下半场，这位勇士使出浑身解数，除了不停地跟我重复"I have a dream."之外，愣是没能让那个洋货说一句土话。

我也有一个梦想，生一个小孩子，像爱豆子一样去爱他，用我更成熟的人生和生活去照顾他，他应该长得更像我一点儿，但应该像爸爸一样具有一个优秀男子的胸怀和气度。

我有一个梦想。

好朋友　　2013.5.11

人是很奇怪的，有时候，我们会将一份信任交付给某个人，没有现实基础的某人，因为一份最初的眼缘吧！

可是呢，信任并愉快相处之后的一段时光，会让我们淡淡惆怅。因为你不知道为什么，对方突然就远了，远到只是一个招呼淡淡微笑的距离。

要跑去问为什么吗？当然是不必的，那是小学初中生的求索，我们已是成年人。不问呢，真真是心里小小的结，偶尔从脑中闪过，想想心就会被拉扯一下。

儿童节就要到了，我真想自己是一个小小的儿童，跑到你的面前，清脆且理直气壮地问：你为什么不甚理睬我？难道我做错了什么吗？我们不再是好朋友了吗？

也许，信任与不设防，就意味着将要被辜负与伤害？

湛　夜　　　2013.5.12

夜色如湛，我着湛色长裙。

脱掉鞋子，将鞋子并拢在星光下的路沿，赤足走到草坪上。夏始，草色湿凉，连同我空寂微疼的心。

缓缓旋开，我湛色的裙，蹲下，裙色铺满我的周围，没有月，星光下的湛，美丽非凡，以及我仰望星空的脸庞。这一刻，我同谁说，岁月有涯，思念无边？我同谁说，情爱无涯，青春易逝？

肩，渐渐也凉了，微微麻的脚。一个脚印一个脚印，渐渐热了的足底，久立，是不是渐渐捂干的草色？

人同此心，心同此理。

二十九楼　　　2013.6.1

女子伫立在二十九楼的落地窗前，温柔而坚定。

如果，像雁一样的姿势与速度。那么，衣袂飘下，黄泉路上。

女子似乎看见，乱的发，白的脸，红的血。以及，一串又一串的扼腕与叹息，在声声问之后。

何须眷恋这人世？何须向这人世留个清楚明白？何须？

走在这条艰苦的路上，我们只需向自己交代。如果不想纠缠，如果只是倦，我们有权利决定自己的生死。太多时候，我

218

们并非承受不起，我们只是不愿继续承担。

二十九楼的空间，弥漫着忧伤、无奈以及浓浓的、化不开的痴与缠。

如果梦醒时还在一起，请谁容许我们相依为命？女子低低地叹。

不如，随心化羽。

用一场永恒的告别，祭奠这一世的情殇。

而女子的身后，那一双眼，那一双手。生可以死，死可以生。

遗失的美好　　2013.6.2

我遗失了自己，美丽可人的自己，温婉简淡的自己，爽朗任性的自己，真情真性的自己，倔强又温柔的自己。

我找不到我可以痛哭的地方，我将会是在哪里，与你重逢，在趟过这刀光剑影的岁月之后。

我怀念自己。那个时候，总是一个人，安安静静走在路上，看这世界的风景，关于人的，关于事的，总是扬起的嘴角，总是明朗的眉宇，总是恬淡的脚步，总是愉悦的脸庞，总是希冀的心灵。那个时候，总是会蹦出许多词，在我微笑的唇齿间，那个时候的忧伤，只是关于生活。

我怀念自己。那个时候，我热热闹闹地坐在人群中，喝茶，聊天，打牌，我蹦蹦跳跳，我的愁，只是人生路上的艰难困苦。那个时候，我知道我该去哪里。我马不停蹄，我知道未来的路上，会有瑰丽的风景。

我怀念自己。那个时候，我买漂亮的夹子，夹自己的刘海，我陪豆子，上学上课逛街读书习字，我读书写毛笔字，我写信给远方的老友。那个时候，我相信自己，赏识他人。我不停地鼓励自己，慢慢地走，慢慢地知道结果。

我怀念自己。我悠悠在四季的风景里，我信手拈来的花与草，我装满水的花瓶，我的桃花，我的艳山红，我的金银花，我的栀子花。我一季一季饱满的热情。那个时候，我乐于将我的思我的悟我的纯我的好，挥洒在寸寸光阴里。

而我长大了。

我依然执著。

可是我的沉默。我只是淡淡路过这长大的岁月，我深藏我的最美好，我把自己藏在骨头里。

我穿梭在这滚滚红尘里，我逢着我这一生的等待。我嬉笑嗔怒弹指间，我尽失自我。

已经生逢良人，我将逃到哪里去？我圈地为牢，你是牢里唯一的好。

我知，我依然存在。即使这夜这雨，我不能安卧的心灵。

最无奈的那一种　　2013.6.7

如果生死两悠悠，已经没有无奈。

如果只是山长水阔，也不是无奈。

如果不曾蹁跹，不会无奈。

最无奈的那一种，是，爱着，可是，不能一起扛起生活的种种。

大风，大雨。一个人哭，一个人急，可是亲爱的，你怎么不在我身边。

最无奈的那一种，吃什么，穿什么，怎么赚钱，怎么花钱，怎么睡觉，怎么去面对生老病死，统统无法落实。

扛着关于爱情的责任，再也不愿游刃于这迤逦的世界，连呼吸，都是幸福与疼痛。

又生厌倦　　2013.6.10

又生厌倦，对这滚滚红尘。

有一种人，是为着别人而活，为着责任，为着承担角色，为着去爱护身边的亲人。这样一种人，奋力流汗，时时笑逐颜开，无所畏惧的样子。而只有自己知道，渴盼停留，向往无忧。

这种人，一往无前的姿态。所保留的，其实是一片等待的天，等待有枝可依的安然，如果不，仍然一路狂奔。只有自己让自己依赖。守住黑夜，等待黎明，是一种希望，也是一种累。常常，等不到黑夜的尽头，已经在梦中。因为明天，明天又有新的忙。

如果守住暗夜的芬芳，必定要错过黎明的清朗。

这生命，只留惆怅。

我热爱夜的芬芳，晨间的清朗。我却穿梭在蓝天白云下，人流之中，红尘之上。

我的毕业季　　2013.7.1

这一段时间，让我慢慢整理。

很长一段时间以前，就有梦。梦里，我送阿芳和盼盼走，她们是同一天走，我哭啊哭，一直到醒来，眼角的泪是真的。

答辩的那天，大部分是相熟的教授，大致了解我的生活状态，很宽容：童星能把论文做成这个样子，太不容易了。坐在答辩席下，我是温暖而感动的，对于我长时间辛苦的生活，我期盼有这样的谅解与宽达。也有平时我得罪过的老师，批我的论文批得整个答辩现场一片哑然，我亦很坦然，在毕业这份答卷上，我所付出的，无疑不够百分百，我愿意承受这份专业上来讲很客观的责难。一个人的外围生活背景不是必须成为评价一个人专业成绩的参考资料。

　　我舍不得搬离宿舍，那一段住校的好时光，我害怕此生不会再有。我小小温暖的床铺，我简单干净的书桌，我一个字一个字写出来的心思，我的希冀与等待，都在这里。虽然那时的幸福与等待，统统没有人知晓没有人分享，但是我知道一切的存在。

　　拍毕业照集体照同学照的时候，总是开心又开心，却也是惆怅又惆怅的，我等待的那双眼呢？当我朗朗而立，莞然而笑的时候，我心里的那个缺。

　　然后，拿毕业证的时候，鼓胀的喜悦与默默的怅然。谁愿意，谁懂得，谁能够，握握我的手，跟我说声祝贺？我最愿意的那个声音呢？空气里有淡淡的苦。

　　当我抵达一个梦想，下一个在哪里？当我问我自己，其实，当我懂得梦想，我的梦想从来只有一个，从未脱离我的灵魂。所以我离去，而我又回来。

　　而现实里，我的面对、接受、处理与放下，在这个上午，来不及梳理。俗世扰人，让我且行去。

不好的爱情　　　2013.7.6

　　刚开始去爱一个人的时候，总是那么不顾一切，跟现实一点关系都没有的样子。一天二十四小时，恨不得秒秒相守。从早上睁开眼睛的那一刻，到晚上入睡前的时间。两个人总是愿意在一起，即使实在不能在一起也不要紧，就打电话，发短信，表达爱，从来不缺乏各种各样的形式。这个时候，世界无比美妙，两个人因为爱情，宽容这个世界，宽容身边的一切，包括彼此。

慢慢的，两个人就忙了，有工作，有家人，有朋友，有了那么多的情非得已，爱情开始给现实让路。两个人总有一个人明白，变的不是外在的形式，而是其中一个人的心。那一个却总是否认，只是因为情况特殊，只是因为爱情需要现实的土壤。所以要在现实里做更现实一点的事，感情当然不能当饭吃。

总有一个人在坚持，即使心里一直失望，一直等待，但是因为曾经的付出，因为还有期待，所以固执地去微笑，去哭泣，去抱怨，甚至是冷漠自己的心。

有什么用呢，好的爱情，从来就是两个人的事。

雨那么大　　　2013.7.6

雨那么大，在窗外，在心上。

我不想睡觉，我没有办法停止我内心的痛楚。三十岁的妇人，这种痛楚，无法言诉，却久久穿行在我的血液我的灵魂之中。

谁肯相信，爱已无声。

我是那个安静又朗朗的姑娘，我应只有愁没有痛。

如果有来生　　　2013.7.6

夜很浅，可是天空，黑得那么纯粹，在我抬头的时候，像一面纯黑的无边的布一样，平铺住我的视线。大雨，洗干净了这个世界，洗黑了天空。黑夜，真的是黑夜。

干爸发来短信，晚上给干妈打个电话，她很想念你，我答：好。

豆子打来电话：妈妈，对不起，昨天没给你打电话。

我的心里，如雨注一样的泪，在我的脸上，狂泻。

我无数次温润的眼眶。

我可以拥抱谁，谁可以揽入我的孤单与希冀。

青山似黛。我的沉默与黯然，我宁静的模样，我苦不堪言的心。

如果有来生，我愿意做一个男子，照顾一个钟爱的女子，一生一世的姿态，以现实的繁华与灵魂的瑰静。

许多时候　　　2013.7.6

许多时候，我也希望自己是一个会小计谋的女子。用自己小小的聪明，小小的智慧，达到小小的目标。

可是太多时候，我只是一个冷冷的孤清的孩子。我藏住我所有的知晓，我傻傻地等着看着，我不愿意伸出我瘦瘦长长的胳膊，我不愿意，让这个世界为难。于是，我城池尽失，我只有我自己。

有时候，我的心里是有一个声音在呐喊：不是这个样子的，不是，不要走，不要离开。可是，我明亮的眼眸，我清刚的身影，我朗朗的声音。我只要一份懂得与怜惜。

我不是一个聪明的可人儿，我只为自己的心。

在雨中　　2013.7.6

如果可以在雨中
痴望你的脸
像
刚开始的从前
那么亲爱的
我执伞的双手
怎么会颤抖
只是留不住的你
而我
依旧是追逐的我
我所珍藏的
关于你的
你所放逐的
关于我们的
在这隐约雷鸣中
在我泼墨的心深处
我们将挨过多少个夏与秋

痕　　2013.7.16

就做一道痕吧
在最愿意的那颗心里
在不同的季节里
抹出不同的光晕
淡淡的淡淡的

看得见的

曾经存在

一直存在

那时的深与真

那时的爱与痛

都化为一道痕

如果你也看得见

这岁月的痕

你将知晓

在我死后

这痕

将揭露我对于你

永恒的不舍与沉默

步入原谅　　2013.7.19

心碎千百遍，也无法离开。

——题记

红尘中的路，走着走着，就累了，倦了。半生至此，已经逢着最美好的遇见，当最恰当的年龄。倔强的灵魂，从此不肯将就这个世界，最美好的未来，一定可以是，红尘千山万里路中的朝朝暮暮。这样的日子，这种对于未来的期许，一个个晨昏的等待与坚守，所有无眠的夜，变得温柔而充满希望。直到，这现实的蛊，覆去最初的欢愉与澄明。

谁声声叹，生命苦短，岁月无常，谁又困囿于这俗世的三言两语？谁说，天若有情天亦老，谁又，永远伫立深望的目光？如果，从春天里走来，播散希望与甜蜜；如果，在夏天里拥抱，许诺不变的深情；如果，在秋风里扬起的长发，拉长的身影，梧桐深深；如果，冬天的腾腾热气，眉目似画，如果这四季的风景，都已看尽，如果黑夜与白天，都是穿梭在意念中的不变的气息与脸庞，谁能否认，这世界的地老天荒？

当颠覆了的爱与不爱，当信仰变成执念，风尘的苦与累，怎么再独行？曾经说好的幸福呢？身体的苦痛缠绕，逃无可逃的心，在每一次呼吸时，让人痛得那么真实而明显。来回千万遍的踟躇，无法安寐的一个个长夜。

所有的片段与场景，足以让一个人，在微笑中哭泣，在思念中老去。而最终，步入这八千里云月人生路，无悔的原谅与最大的期望。

幸福的沙漏　　2013.7.22

做一把沙漏
滤去我的忧伤
幸福的沙漏
不让你看见
滤去的我的忧伤
如果爱情有岸
我在岸上长伫
以一把沙漏的姿态
让你看得见
留在我脸上的
关于我们的幸福憧憬
沙漏的心
点点滴滴

二〇一三年

盛夏错 2013.7.23

童星是一个从来不愿意诉苦的人，因为太明白人心的微妙，踩低拜高是这个世界的通病，实实不愿苛求感同身受的理解与契合，不如自我通达。在人生这条卑微又苦不堪言的路上，童星像一个勇士。

可是这个勇士，如今余勇尽丧。

夜里总是睡不好，白天总是精神不济，难免心思躁动。一个人久久地坐着，静默，然后微笑，却又闪泪光。那些最美丽的时光呢？既然来过，缘何又隐了去？还会再来吗？春去春会来，却不再是相同的年华，花谢花开，却也不是相同的花季。心思于是涣散，绝望得无以复加。现实里一连串要去做的事，还那么重要，那么值得自己去孜孜以求吗？

一连几个美好清凉的长夜，是盛夏中不可多得的盛景，统统与索然痛心为伴，仰首低眉间，月华如水，星辰繁烁，而远方，清宁激越，是已经放弃了的昨天与当下。如果生命还有希望，谁能告诉我，过去的温暖和凝望躲在哪所华居内哪扇门中？如果未来还有方向，谁能告诉我，曾经的欢愉与顽皮在哪座华灯下重复上演？

这个勇士，壮志待酬，心先死。

心花日日黯淡，终有某天，连同生命与爱恨，齐齐入土，恰逢半生最华丽的场景之后。

让世界看看 2013.7.31

这一段时间，都是这个样子，夜里躺到床上久久，清醒又清醒，一桩一桩事，幻灯片放映模式般，在眼前，不能睡。

这一段，发生太多令我心灵倦痛的事情，湮灭我较长一段时间内对生活的热望。这份热望，是这一年多来现实予我的一种信心与美好，是我经久冷冽的心被缓缓捂热之后的一种温情绽开，或者，只是我对这人生的一种错觉，我以为，一切果真娟好。直到，真实来袭，一切虚妄，幻化成泥，原形其实不堪，难敌风雨。只有我，被遗弃在午夜华灯下的影，坚硬脆痛，而在被忽略掉的爱的季节里，泪汗双和。

　　一切都会过去，连同过去的欢愉与清媚，那般令人欲罢不能。

　　一切都会过去，连同今天的希冀与等待，这般令人心灰意懒。

　　而明天，明天却有那么多那么多的俗务，等我一件一件去解决。手脑并用也是不够的，双脚齐奔仍是来不及的。什么时候，我这颗最愿意悠闲的心，充塞昨日种种，未来种种。

　　你看看我的样子，这样令自己沮丧。

　　有时候，我穿漂亮的长裙子、昂贵的鞋子，绾精致的发，在熙攘的菜市场，挑绿菜红肉鱼虾。

　　有时候，我 T 恤短裤板鞋马尾，穿梭在师大校园，步步生辉。

　　有时候，我站在金凤凰大酒店吧台内侧，人往如梭，我笑，十指难歇，划菜单，摁计算器，打发票，刷银行卡。

　　有时候，我躲在工地阴凉处，暑热难消，而必须限时完成的基建。

　　而我只愿是那个静静观看世界的女子。

　　我从前深深觉得自己充满动力，然此段时间，我深觉挫败，因我倦怠难复的心，因逝去不可追的怅然。

　　所以我，夜不安寐。

二〇一三年

229

而明晨七时许，不知名的却必须参加的杂牌会务。

让世界看看我的狼狈。

闪　电　　2013.8.3

幸福像闪电一样来

并无编排与预演

当灵魂的战栗

如闪电一般

我像闪电一样瞬间喜悦

满心希望

而痛苦跟闪电的速度那样一致

只是闪电一瞬

苦痛无涯

白天与黑夜

似消眉间万古愁

秋　至　　2013.8.25

很长一段时间，心不宁静，人不温柔，自己不认得自己。

再唱不出夜晚的歌儿，再走不出轻快的步伐，再没有无悔而默默地等与守。深深锁住内心的狂痛，一日又一日，苦捱。最美好的那一种执念，无处安放，只能流离，只能被放逐。

我明朗而恣意的笑容呢？

生活已如此迫人，我失去多多，而我丝毫不肯屈就的灵魂，我一向，勇敢向前的姿态。

这整整一个夏季，我一个人过，一个人扛，一个人渡心灵的苦海，伴随俗世种种困扰。有时候，站在泼墨的天空下，连呼吸都是惆怅。我不愿让时间留白，因为空白处，是欲求不达的叹息与幽怨，于是我让每一分钟充塞世界纷繁，除了累极了的眠。我知道这样不好。

可是我深信上天绝不会辜负一个为生活，为责任，为爱情，如此努力，如此坚持，如此坚忍的女子。我相信未来。

现今所承受的一切，不过是教会我以一颗更温柔更豁达的心，去更好地面对与处理将来可能出现的种种，不必抱怨。所有的绝望与疼痛，都会伴随着新生。人生，且行且看，处处好风景。

而谁对我说，明天，去赏秋。秋已至？我警觉，我失去整整这一季的美好，风吹稻田的盛样，墨绿墨绿的山，穿行在盛夏里的风，我汗且黑亮的脸颊与眉眼，我瘦瘦长长的胳膊缠住的温柔，我通通错过。

可是，罪不在己，我并不忍心责怪我自己。

有多少人，能捍卫住自己刚开始的岁月？能以一种初识的姿态，将滚滚红尘里的爱恋坚持到底？

昨天的我，是我明天的模样，娟好与温柔从未稍离我的灵魂。

风　　2013.9.3

我更愿意自己是风
风的自由与速度
一路荆棘但独辟蹊径
不用明白我来自何方
不用追问我将去何处

请看我的起起落落
那样勇往直前

我更愿意自己是风
风的寻寻觅觅
风的无涯无痕
风的抵达与穿透
风的驻留与裹挟
世界天地日月的知晓
我对于你的相生相伴
你对于我心弦的拨动

如 妖　　2013.9.5

适宜的温度，适宜的天气，适宜的心念。

世界无端美好。

生活规律起来了，是一种最好的状态，迫在眉睫的责任，让一个人习惯性隐藏自我人生因欲求不达而带来的负面心理。早上开开心心跟豆子在家里笑骂，送她去学校，买菜。雨打在身上，有什么关系，我真实活在这人间。无惧亦无欢。

最亲近的人，譬如豆子、草儿，都说我是个女汉子，连同蒯蒯也这样说。

谁会喜欢这个称呼呢？

我对着镜子哭。这样对生活，对逆境，忍了又忍，退了又退，熬了又熬，这样一力担起亲情、友情、爱情，微笑着无所畏惧的样子。只要你们过得好，我有什么关系？三尺素床，就好。

可是，君言，好女如妖。

衣服渐渐都宽了。旗袍上身，开始打晃，漂亮的长裙子，肩带也开始往下松，不是那么妥帖恰当。清减的，并不只是肉身，更是那一颗原本饱满跳跃的心。

怎么会有素朴至此的妖？

福　音　　　2013.9.6

心上的尘垢，一点一点被冲干净。这一场雨，是我的福音，连续两个早晨，我清新而感激的心。

多少饮恨而生的日子，我只能朗朗而温婉的笑，多少寂寥无措的晨昏，我隐忍至痛不可挡的灵魂，却默然久立的孤影。

岁月不会辜负我，因为路虽长，梦仍然在远方，我长时间的跋涉，大不了痛哭一场。

山草青青，山脉驰驰。风动树叶摇，雨落山花笑。

何惧人间蜚短流长。

路这么长，这么苦，我不要谁的谅解。

向爱而生　　　2013.9.8

梦里，毫不犹豫选择走向天堂，因为相信天堂的美好与微笑。

可是黄泉有路，我临阵退缩，我撒开双腿，奔回人间。天堂有歌，可是没有我的爱人。

我告诉自己，不可以哭，要笑，在每一次想念、回望、期盼、等待的时候。可是我的泪，常常温润我的眼。何处，是我们的碧草齐天？

梦里梦外，凝望过你的眼，轻抚过你的脸，太多太多的情与暖，百年修得共枕眠。阳光下，深夜里，摩挲的笃定与无悔。这一生，无憾。

可是，这么无奈这么累，这一生。

谁坏了谁的修行，谁成就了谁的爱情，我们。

秋风乍起，我越来越瘦削的肩，越来越清减的心。

一身凌然，一骨清气，一副男子的气概，一心唯爱而生的温柔。

阴　　2013.9.11

天气是阴的，却特别好的温度。

起床，送豆子上学，去菜市场。才七点半，去店里，施工队还没来上工，给他们打电话。

骑电瓶车，想去看台坐着。偌大地方，一个人的孤寂，我要的匹配的感觉。

惠民路口，反道骑行，路口的辅警，我装酷一张脸，视而不见，可是他大声叫：童星！我惶惶然。

体育场维修。逛公园。

许多小孩，蹒跚，呀呀而语。我的眼睛温润。

可爱的生命，可爱的希望。

一起走过的路，一起看过的风景。一个人的晨昏。

一个爷爷问我：姑娘，穿那么高跟的鞋，脚脖子累不累？我笑：今天刚穿，第一次，还没到晚上，应该会累。然后，我们一起比划鞋跟的高度，约莫是三寸。

寸寸相思寸寸灰。

我可以　　2013.9.13

豆子似乎陡然间长大。

每天早晨，温温润润趴到我床头：妈妈，六点半了，要起床啦！妈妈，我自己弄好早饭吃过了！妈妈，起来送我上学好吗？

过去的日子，太多时候，我从被窝捞起没睁眼的豆子，一边讲一些让她有开口说话欲望的话，好让她清醒一点，一边帮她穿衣服。

豆子说，妈妈，我觉得你是个女强人。妈妈，我觉得你有好多事做。

有一个早晨，帮她扣衬衫的纽扣，有一粒异样的扣，我看住她，她说：妈妈，这个是我自己缝的，我穿上的时候发现扣子掉了，就在家找了一粒，可惜不一样……

内心的温柔、怜惜、疼痛，齐齐涌进眼窝。

豆子的外婆，是个极其粗线条的人。我的记忆里，没有关于妈妈的温暖、呵护、周到、细致。所以常常，我纵容豆子，她懒散，她拖沓，我不呵责她睡懒觉，不责备她寒暑假作业不完成，我同意她想上或是不上任何课外班，我爱她，只要她快乐。我常常抱紧她，告诉她，我很爱她。

我童年的诸多不快乐，诸多忧伤，我不欲让豆子，一样感受。

可是豆子，已经学会照顾自己，学会照顾爸爸妈妈的情绪。

车上，我大声问：宝贝，你愿不愿意跟妈妈相依为命？

豆子声音也大：我愿意！

那你害不害怕跟妈妈后面受苦？

二〇一三年

不害怕！

我又说：那从今天中午开始，我接送你？

豆子摇头：妈妈，你早上送我就行了。爷爷一个人住那么大的房子，如果中午晚上你把我接走了，爷爷一个人会好孤单的。

敲到这里，我的眼泪就出来了。

呵，豆子。

我知道我可以，把豆子照顾好。她的生活，她的心灵。

那将是一个充满理解，承担，爱，希望，阳光的豆子。

偷来的美好　　　　2013.10.1

有那么一段时光，仿佛是偷来的。美好，恣意，无忧，勇敢，自然，喜窃。

好时光里，是没有什么大不了的事的。姑娘的所有烦恼，统统弥散在浓浓的缱绻爱意里。有一种挥一挥衣袖的潇洒：有我在，我愿将你一力担起。

哦，这般神来的效果。

好时光里，哪里会有晨昏的惆怅与等待呢？每一秒钟都密不透风的暖暖，知道一切稳稳当当在那里。知道就算坏脾气也没关系，知道泪水与欢笑都一样能魂牵梦萦。

哦，那样肆无忌惮的光景。

岁月流沙，一颗丰满如理想一样的心灵。

春天花一样开，夏天已流逝在一个个没有日出日落的心里，抬头，棵棵梧桐交缠成斑驳的天空，所有的美好齐刷刷在眼前。原来，那么一段好时光，曾经来过。

爬满泪水的脸庞与心灵。

并不是少不更事的狂妄与执念，只因为并不肯相信情事的殊途同归。我愿意为你，妥帖人间一切纷扰，如果相守时深挚与简淡。

可是那么一段好时光，因为存在的那么真实而明显。可以让一个人，长久地活在爱的回忆里。

无 题 　2013.10.2

去年的十月二号下午，我陪我的导师胡传志先生一家去小格里，不记得有没有走完一圈。只记得自己匆匆去，匆匆归。

今年今天今个下午，我又在这儿。

小格里，我来过几次又几次，是喜欢的地方。

没有商业，少有人迹，风景也略显青涩，并不动人。但是可以让我慢慢走路，抬头看天，采路边的小叶子，含在嘴巴里嚼青青的味儿。我穿五百块钱的牛仔背带裤，十块钱的白T恤，T恤是妈妈在超市买的特价商品，给黄豆做睡袍的，然而我很喜欢这样的自己。

今天，我绕着五连池走了整整一圈。有时候，结伴而行会让我们不尊重我们自己的意愿。我们会更多关注身边那个人的感受，更加注重相处时自己内心的感受，我们有时候忘记走向终点，走向一个完满，因为贪图途中的种种，我们忘记为梦想，为旅途画上句号，我们甚而常常调转头，走向始发点。我们揣着路上的风景，我们觉得富足，我们忘记了最初的心念。

多少·恨 　2013.10.22

在逆境中，坚忍，奋进，一如这么多年。

二〇一三年

237

不要哭，都会过去，一如这么多年。

不要失望，美好的总会到来，一如曾经拥有的瑰丽。

就算身边的人个个都自私，没有关系，只要自己，落落大方。

君子，从不立于危墙之下，去谅解，去接受。

当事人自己的选择，等待或者是放弃，从来都应该无话可说，不必强求他人自觉自省地去珍惜。

沉沦在生活里，百事皆哀。

鼻腔里酸酸的东西，仰起头，再仰起头，便不得在脸上肆无忌惮，肆意横流。

明天，明天继续说爱，痴缠，等待，谁会晓得这夜的凄苦和神伤。

做一个争气努力的孩子，让这个世界看一看，这绣球花一样饱满、平和、圆润的女子。

相信我的幸福　　2013.11.3

十月，是没有颜色的。读书不知人间老。

十一月的第一个晚上，我躺在床上，我想快快睡过去，累了这么久，挂水、挂水，我只想睡一个好觉。迎接十一月二号。二号上午，我会参加选聘考试，而金凤凰大酒店，升级庆典，我要错过。

我的心里，满满的感慨，满满的感动，终于挨到这一天。

我的心里，这样一个晚上，装满了温暖，关于友情的。

我很幸运，我有徐静。无离无弃的姿态，不管我什么样，那么任性，那么坏脾气，那么倔强，我们从来没有过心隙。书记说，徐静是顶瓷实的一个人。

陪我走这人生的长路，她辛苦了。这一个月，她辛苦了。金凤凰大酒店十月初开始停业装潢，那么多事，而我统统不能去安排，不能去解决，不能从头至尾的参加。我躲进小楼，奔赴我小小的一个方向，近期的一个小目标。不管结果如何，我不在乎，但是我要全情地努力。这一个月，我没有照顾好金凤凰。起早的，摸晚的，统统不是我。

　　然后，姣姣，呵呵，能干的姣姣。来到我们的世界，带着信任与希望。

　　还有小娟，一样温婉。

　　我很庆幸，我们都不是完美的人。但是我们的心，一样纯真，不媚俗。我知这份纯真的价值所在，珍惜友情，经营友情，带着希望，带着宽容，带着耐心。我想这一路，徐静是这样待我的，正如我，一样对待这个世界。

　　我不知道，未来还有多少事等着我们，一件一件困难。打破一个旧世界，建立一个新世界。

　　但是，我感激这个世界，我想把我的幸福告诉这个世界。这一个月，我似乎什么也没有做，但是，我觉得我丰润富足。一个一个被她们解决的小困难，一个一个被她们协调协商好的事情，腾出我的时间，我觉得幸福且感激。很少有人，能在遭遇生活瓶颈的时候，寄望于友情，获得于友情，我们常常寄望于爱情，寄望于家庭。爱情令人失望，当不是此情此景的时候。家庭，是我从来义不容辞的重荷。

　　十一月是在灰色的格调中到来的，而我的心不是。我，明亮豁然。

　　且看我，慢慢行来。

　　相信，感谢这个世界。

二〇一三年

239

距 离　　2013.11.26

在两个人的世界里，我习惯把一颗金子般纯善热忱的心，交付给对方，亲情的、友情的、爱情的，并不设防。

但是，当这颗金子般的心，没有被领悟，没有被珍惜，而是被漠视、被误解、被算计。

我仍然对你微笑，向日葵一样。

但这颗心里，已千山万水。

爱恨不问　　2013.12.4

师兄老是说，看看《雪国》吧，真的很不错，真的真的。

师兄喜欢重复，以示真诚与客观。

很久没有看一部完整的文学作品，因为自己的思维，长时间困囿于一种纯文学纯天然的单线状态，感性而无法自拔，连同生存与生活。

我以为，我需要一种理性的脉络，让自己更容易被这个世界理解与接受，这无疑是一种幼稚的虚荣。

今天，看了一篇关于《雪国》的书评，并不深刻，但是，叶子与驹子，仍然让我的心狂痛。

好的作品，总是因现实的存在而能被打动。读者，总是会因为感同身受而更能理解作品的魂。

已经过了被华丽丽的字所吸引的层面，只有直接抵达灵魂深处的鸣响，提醒自己尚未被湮灭的思想。

在现实面前，人类无一例外选择妥协。

当我们面对自己的时候，我们知道热爱、忠诚、坚贞、坦诚。

我把春天还给你

当我们面对这个世界，面对现实种种，我们选择放弃自己。

前方凄迷，如果选择遵从自己的内心，那该有多苦，这么多的不能理解与这么多的诽谤。

社会的自然法度，已经发展到，太能接受营营役役，太能理解钻营圆滑和流于表面。这份理所当然的大众眼光，扼杀许多用心生活，用情生活的人的生命与前程，让人打寒战。

叶子死了，驹子疯了。

川端生命中的小高菊，在分开之后，怀揣这个世界都不能明白的心思终老。也许，让存在的每一天去覆盖陈年岁月里的伤痛，心里的桎梏，只是心里的痂。无关生活，无关现实，无关未来。妥协，至少是一条可以生存下去的道路，爱恨可以不问。

我愿意有机会做个美丽优雅的老人。

前尘往事随云烟 2013.12.5

今天，穿了一件喜欢的外套，圣迪奥的。从早上有意识起，心花微放。不显眼的颜色，但是质地精良，款式低调妥帖，很喜欢。

我告诉自己，每一天，找一件事，让自己微笑，让自己从内心觉得有简单但真实的幸福感。

晚上跟莲莲阿姨聊天，谈一本书《送你一颗子弹》，刘瑜的，逐字逐句分析某一篇《一个人像一支队伍》。我盛赞自己，看，你多像一支强大的队伍。你心灵与大脑无时不在从各方面向外传达一种友好与强大，一种温暖与激情。这种人生，值得尊敬。

241

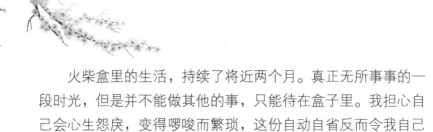

火柴盒里的生活，持续了将近两个月。真正无所事事的一段时光，但是并不能做其他的事，只能待在盒子里。我担心自己会心生怨戾，变得啰唆而繁琐，这份自动自省反而令我自己的内心可以更加宁静。我慢慢抄写《庄子》，一笔一画，慢慢领悟，我渴望一种真正的内化。

有时候，会跟老师聊天，老师说，多好啊，童星，你看你还有时间看《庄子》。我笑，是是是，多好啊。

有时候，大太阳底下，心会悚然一惊。那些曾经浓烈的爱与纠缠呢？那些肆意汪洋般的喜悦与数不尽的风情呢？那些无数眼泪与无限期许交织的年华呢？

瞭望   2013.12.9

不知道谁做的总结，人是一种伤感和怀旧的动物。

而人又是一种容易接受迅速拉近距离的动物。

可是要忍耐一度天衣无缝的密结之后的渐行渐远，往往是人类心头的死伤，终身不愈。

初始的时候，心伤神伤都那么的明显，因为有眼泪和倾诉可以证明我们遭受的伤。我们渴盼留住，留在初见的情景里，我们想留住永恒的爱意与温暖。

然后，会有阵痛期。就是想到就会痛，就会流泪，任何一种此情此景都会让我们潸然泪下。感怀从前，魂去怔怔。我们左右都在想，你还好吗？我不在了，你还好吗？爱已无声，你还好吗？其实，过去种种，譬如生，未来种种，譬如死，都已经因为爱情的匆匆离场，变得与卿何干。

可是人的世界里，爱情的世界里，谁都不肯在这个问题上，速速成长。大多数人选择，抵死纠缠，在内心与形式上。

多么苦痛的人生瞭望。

让最好的状态　　2013.12.16

有时候，当一个女子失去了感情的依托，失去最愿意的那个感情主体之后，会佯装潇洒，挥一挥衣袖昂一昂头，我能扛得住的样子。也真的一样，一天又一天认认真真地过，每一天都是干净、自然、漂亮的样子。向上、爽朗，就像从来没有受过伤害一样。

这一类女子，是属于为了爱情，活得更漂亮、更自然、更自尊的一种。不管那份爱，还在不在。但是在这一类女子的心里，曾经爱过，深且真。就一定要在以后的人生路上，更加积极努力，因为懂得赋予爱情更深刻的内涵之外，更浅显的内心是，不晓得什么时候，会恰逢曾经的那个人，一定不能让他看见自己的狼狈与不堪，一定不能。随时随地，只能更安静地美丽。

可是，当在热闹的任一地方，街上路上饭桌上，看见相似的身影，仍让自己魂飞魄散。然后，相似的眉宇风神，仍让自己忍不住含泪光。

让自己最好的状态，其实仍然是一种希冀吧。渴盼在下一次交会时，能有恰当激动的灵魂与脸庞，能是从前的温柔与懂得。

这一类女子，值得领悟与珍惜，因为愿意成长与怀揣希望。

有，又　　2013.12.19

有一份刻骨的相思，是一切现实事务无法掩埋无法覆盖

二〇一三年

243

的。夜夜深思深痛，不能安眠。

而又一份无望与自律，已不容再将感情轻易诉说。

有没有　　2013.12.19

你有没有这样一个时候，特别想去看一个人，可是是一个不恰当的人。于是你忍着，忍着忍着，忍到肌肉发酸，骨头刺疼，心惶惶难安。终于在一个昏黄昏黄的日子，面对着那个人时，你一句话也说不出来，只有眼泪，只有颤抖的肩膀，只有冰凉的双手。然后，你所有的等待，所有的苦楚，所有的期许，所有的纠结，通通都值得了。然后，你一句话也没有，就走了。

如果你有这样的时候，那么你就会懂得。

不能称量的感情　　2013.12.30

他很爱她，基于信任、欣赏、合拍、理解与接收。

她也很爱他，因为被信任、欣赏、合拍、理解与接收。

在这三千软红里，两个人都明白这份契合的难得。于是，相伴相守，在可能的每一个时候，那是一段幸福随地可拾的人生路途。

嫌隙是从什么时候开始的，也许是一开始的隐隐作意被两个人都忽略掉了吧。他觉得，只要爱，当然是懂得之后的接纳；她觉得，爱，当然是应该是言无不尽。从前，现在，未来。

可是啊，四十年的风尘岁月，定式的生活工作处事思维，他渐渐不能容忍外界的种种无当言语，内心纠结自苦而不能自

我把春天还给你

拔。她即使是颗明珠，也只能被一个人拥有，乃至喜欢。否则，心不能安泰。从前的种种理解与爱惜，通通不能抵用。

只能疏离。

问候与陪伴，理解与鼓励渐渐消弭。

她的玲珑与剔透，忍得七个寂寞的日子，时时在长夜安抚凄苦内心：人各有志，爱人如果不能盲目宠你，要来何用？

从此做个麻将桌上庄敬自重的女人。

我要跟你在一起　　2013.12.31

今天是2013年最后一天，我要跟你在一起。

这是我听到的最动人的情话。

容颜易老，红颜易逝。动人的话，像无须涂抹的胭脂，唯使人心颜常驻。

女人是一种奇怪的韧性动物，可以为一句话，铿锵有力一辈子。

如果每一个日子，都被赋予不一样的意义。

每一天睁开眼睛，觉得生命充满希望，因为我往前每一天，往前每一步，都是离你、离我的梦，更近一点。怎能空蹉跎？

谁的歌声竭力嘶哑：把每一天当成世界末日来相爱……

日子如流水，平凡而不可追。且行且珍惜是一种庄重的自我责任。过去，现在，将来。过去宜让其去，对不可达的曾经，宽恕并且原谅自己。执念只会让一个人心生怨戾，不能为自己增添半分可爱。现在还在，未来会来，都是以一种不能被篡改和躲闪的模样存在。努力与追寻，应该存在于呼吸的每一秒。

二〇一三年

岁月久且远，情可变，人可易，但请相信，最初的悸动仍存。我要跟你在一起——过去，现在，将来。

无 题   2013.12.31

生活的幸福，常常真实而明显，却并不因为，生活的富足，诸事的顺当。生活的重负仍然存在，心灵的交缠苦楚也时时作痛。但一往无前的姿态，教会我领略重负之下有担当的幸福，纠结之中尚有坚持的勇气。

迅速成长迅速成熟的一年。

一切都在路上，有声有色，辛苦而值得。不必去问，也不要去想，我得到了什么物质的。我一无所有，我有的是更开阔的心、更真挚的笑、更超然的心念。

常常回望，更加懂得恕人恕己。人人有图，人人不易。但是一直善良下去，就会离幸福很近，这应该成为一个人的执念。

幸福的时光，总是过得那么快。一天一天，这已经是新年的第三天，有时候，沉浸幸福的瞬间让我觉得不太真实而心生忧伤，这么明显的幸福感，怎么会在这样辛苦的生活里如影随形呢？抬头看天，阳光覆在我的脸上，温柔而坚定，让我相信它的普照与永恒。

阿月打来电话，会跟爸爸一起回来过年。这种幸福，我的眉眼笑得弯弯。十几年的离索，四个人。如果能回到当年的那个村庄，过无虞的家庭生活，我想我是愿意的。

我们要做多少努力，才能心想事成。而这个过程，让我们倾尽心力而无怨无悔，幸福在离终点的路上，因为一步步走近的梦想而一路陪伴。

爱有多长，梦有多远，情有多深，都在我的行囊中。

二〇一四年

生命这一条长廊

尽头仍然一样

快乐与苦痛相生

这前一半生命

欢愉尽得

苦痛尽尝

世界仍然绚烂

天有晴色　　2014.1.9

　　天有晴色，我觉温暖与希望。可是，这份心念不知同谁说，瞬间寂寥。

　　读小说《小人儿》，一个小时，眼睛略酸，站在九楼的窗口往下看，校园也有生机，一块一块灰绿的区域，健壮平实的样子。我下楼，这个我已经工作了三个月的地方，除了办公室到停车场的距离是我每日必走的路。此外，我不曾多踏半步在他处。我应该热爱这个地方，安静无虞的地方。操场的空旷一直吸引我，我慢慢走在跑道上，梳理我自己的安静与寂寥。

　　回忆如潮。

　　生命的际遇以一种可怕的雷同循环上演。生命的高度，貌似螺旋式上升，却愈来愈心惊肉跳。无挂碍则无恐惧。我大抵是丢失了从前的轻俏模样。从前，我一路嚷嚷，无惧无忧。而昨日，我为失去失声痛哭。其实失去了什么，是从前的从前，并没有的。

　　这个世界，实实累人。

　　你说无欲无求，于是有阴谋家带着你的梦想在一千步的距离处温柔看着你。梦想啊，你原觉得不会如此近，你原泰然觉得只能是梦想。所以你心清如水，潇洒纵横三万里。可是，当阴谋家，往你走一步，再一步，一千步的距离，已经被踏得七七八八，你的心花开始绽放，你开始往前勇敢迈出一步又一步。正当你伸出双手，迎接拥抱梦想的时候，这个可恶的阴谋家啊，倏然转身。一千步啊，你开始一路狂奔。可是一千步的尽头，是从前的无涯。阴谋家连同他手里拽着的你的梦想，在无涯之中。

　　你说无惧无忧。可是你看，你从此没有美梦，活在那一千步的回与还中。

余生的努力，就是让自己心翼丰满，逃离桎梏。这个过程，会是很多年，常常会让你错觉，梦想成真。

人生从此受限，不能更快行走，更高飞翔。

爱至不忍　　2014.1.14

许多时候，当爱一个人的时候，你会不忍心揭穿他，明明知道多少誓言多少谎言。

人生苦短，须及时行乐。我们不能纠缠于许过的诺为何不去兑现，睁一眼闭一眼是成年人的方式。愿意给你诺言，那是因为至少许下诺言的那一刻，是真诚而美好的。而谎言，至少有一分理由是不愿意让你面对最残酷的真相。

明明说好的幸福，明明说好的一起到白头，明明说好一起对抗这世界的风风雨雨。

一个追求庙堂之上，一个属意于江湖之远，足够让诺言通通变成谎言。

那个人，曾经说要保护你，曾经说会让你温暖没挫折，句句如歌。你把你所有的感情，凝聚成深重的感激，化作三千绕指柔情，缠绕每一个日子。你开始相信，人生真的是有否极泰来的。可是呢，枝条始欲茂，山河忽然改。你的伤痛苦泪，慢慢变得不在对方的心上，那个人，渐渐不再为你的心事而着急。

你的惶惶然与无措。

这个来与去的过程，把你从一个欢喜雀跃的女孩，变成一个隐忍宽阔的妇人。虽内伤骇然，却并不为人知。

从来不能口出龌龊，所谓君子绝交不出恶声。曾经绽放过

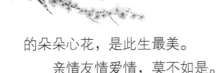

的朵朵心花，是此生最美。

亲情友情爱情，莫不如是。

东　方　　2014.1.22

每一天清晨，一直往这座城的最东边走，工作。我是一名教师，硕士毕业，我顺利进入本城最好的高中。我戏称，本城清华。

我常常觉得快乐。在早上，真正是迎着朝阳，我觉得充满希望、温暖、明媚。我心里时时涌动一种澎湃，不管生活的路有多苦，我告诉自己坚决不认输。我可以在任何地方，搭建属于自己的美丽的舞台。

美丽的一天，从睁开眼开始，阳光常常照射我朝南的床，我从不拖沓，即时起床，奔赴我的东方。我有我觉得快乐和希望的秘密，我怀揣我的小秘密，度过一个个小时光。虽然总是，希望湮灭，前途渺茫。我知道坚持就是胜利。

我并不去课堂给学生上课，我在办公室处理杂务。但是我让自己端正，坐，是笔直地坐，笑，是真诚地笑，工作，是不论细微抑或是繁复，皆平和愉快地做。我太懂得，每一片疆土，皆来之不易，要懂得珍惜与感恩。守护好自己的今天，是期待寻求已久的明天。

可是这百来个日子。

身体一直微恙，不见痊愈。

重感冒，咳嗽，挂水，好转，咳嗽，重感冒，发烧，睡，挂水，回转，重感冒，发烧，睡，咳嗽，挂水。

我跟同事在办公室说笑，戏谑自己，大概是东方不利吧。要早早另觅下家，免得小命休矣于此地，却是不划算的。地方是好地方，然却与我犯冲。

事实是，心内余毒不得祛除，便常常出来侵扰，在肉体上让我承担许多苦楚。

一个人，让精神控制了肉体，是一桩多么令人敬佩又可怕的事情啊。

农历年就要到了，沾沾新年的喜庆。

速速痊愈，和黄泉有路。不外乎这两种结局。

好日子　　2014.2.14

今天是个好日子，因为特别宁静。真是感激我的上司，安排我值班，让我偷得一个人的好时光，在匆忙混沌的日子中。

新年过得很好，一家团圆，简朴却是令自己感动的新年。内心的闷痛只有在夜深人静万物息的时刻才被自己知晓，已经是难得的成长岁月，愈发懂得无常人生中不能勉强的来与去。我像是一个具有大智慧的人，顺应生活中的一切，遇见什么便是什么，不再苛求与留难。但仍时时自己想象若还有小女孩的情怀，任性时有人包容，伤心时有人安慰，困难时有人伸手相助，仅仅为着喜欢。可惜，这通通不再是我相信的现实。我知一切应靠自己双手赚得，这样才能活得更加自尊，才能倍加自我悦纳。我怀揣希望，失望倔强过每一天，乐观恬静。

可是我的内心时时充满思念，无法诉说，渐成沉默寡言人，并不觉有何不当。我珍爱遵从自己内心，胜似一切。

雪　国　　2014.2.18

这种美，令人鼓胀的喜悦与忧伤。

二〇一四年

漫天雪舞。

城里的雪，带着坚硬的味道，不那么柔软。因为掺杂了太多城市的元素，汽车，电瓶车，高楼。太大的雪，会影响城市的整体运转。马路上的雪很快变成黑灰色的雪水，不复美丽，落地成殇。

站在九楼的窗口往下看，车轮滚滚，连校园的雪地也不能安详，留下清晰的车轮印记。

我怀念心中的雪国。

那里空气澄澈，但弥散暖暖情意。

那个小小的人儿小小快乐的心。雪地里播种的希望与欢乐。谁在雪里声声诉，爱至恒久远。

我一直没有停止在找那个故事里的人。

英 雄　　2014.2.21

真正的英雄，是看清了世界的本来面目，还勇敢地热爱它。

对照此句，我常常觉得自己是个英雄。当然我有我自己的文字表达，我说，作为一个女子，应具备两种"怀"，一为开阔的胸怀，二为诗意的情怀。一则助我们在苦且累的人生路上逢山过山，逢水涉水，关键是不留一句龃龉，以微笑和善意回报这个世界予我们的亲善，以冷然对峙这个世界中存在的枉曲。一则助我们在生活的路上收拾点点滴滴的欢笑，且歌且舞且轻狂，一路挥洒无边而美丽的守与望。

有时身着华裳，倚镜长伫，我笑得恣意且轻狂，我当是这世上最好的媚娘。是的，媚娘，做最好的妻与母。

可是踏出这百多平方米的我的房，我是素色朝天的行者，

我把春天还给你

行者无疆，这往前的路上有多少离殇有多少留难。

世事多艰难，我被成为英雄。

黄玫瑰　　2014.3.3

有一种女子，任何男人都会认她为红颜知己，事实上她心中却并无旁骛，一派赤子之心。这位黄玫瑰小姐，便是这样，你莫自作多情。

——《玫瑰的故事》

春天开始的时候，朦胧中已孕育着甜美、欢悦。吹面不寒本是一种希望。可是因为生命中最渴望的际遇终于到来，至情至性的人儿，明白命运的不可逆转，经历煎熬、隐忍，渐渐学会泰然接受一切。只是许多时候，为摆脱命运中太多的不公允，纵然身负屈枉，执意向前，相信只有高且远，才能忽略那么多夏秋冬中横生的狰狞，却始终并不能独善其身。善者，唯心。

玫瑰有时突然失望倦怠：我从不觊觎他人，也从不有意留假想的机会与可能于他人。我只管朝自己的方向，自己的梦，自己的爱去努力与奔走。为什么这世界不肯饶我三寸乐土？

却有声音缓缓：不管别人怎么说，不管别人怎么想，反正我是知道你的，我是不会说你的。

重若千钧。

是，谁能说我们对与错？这世间一切是与非，不过是依据相互之间的信任与爱重的程度而定。我们背负这样一份完全的信任与爱重，足够叱咤红尘九万里。实在无需争辩，自然从不辜负。

二〇一四年

假如彼岸阳光充沛 2014.3.10

我只是相信，彼岸阳光一定充沛。

如果不是这样，我一定不会这么忍耐这么勤力。

三十岁的女道德先生，我常常这样给自己力量。

是昨天晚上，我乘出租车从市里回家，偶遇熟人，是一志满意得的教师。我疏朗上前：x老师好！

老师很健谈，不消十分钟时间，让车上其他乘客完全明白他的职业近况，以及我的若干。老师的问题很多，我的工资涨幅，我的工作内容，我的奖金。老师很热忱，分析给学生个别辅导和班级授课的收入差距给我听。怕我不知道原来凭借自己的一技之长和资源，可以如此发家致富。夜很暗，谁也不知道我的窘，我的唯唯诺诺。我一向不喜有存在感，我害怕被关注。我庆幸，我没有沉沦在那个世界。我肯定我的抽身，意义重大。至少，我的心灵由此发展丰盛，枝繁叶茂。

但求耕耘，不问收获，这应该是最端正的人生境面。

假如彼岸阳光充沛，我们神之、往之、趋之，必不会如井之蛙。

喜 雨 2014.3.11

空气暖暖的，谁能跟我说会儿话呢？

喧嚣的街上，突然下起了雨。

谁的眼泪在飞，当世界这么热闹。

我的心里充满忧虑。

我担心这个世界，庸俗凌驾于高尚之上。

我担心冰清玉洁的人，难免寂寞孤清。

我担心我爱的人，忘记了来时路。

我担心这个夜太短，我来不及编排和预演剩下的生命。

我担心，初生的春水，被搅动至混沌。

我担心，我的明天在何处。

可是世界，请不要为我担心。

你看你看，我含泪的眼，带笑的脸。

你知道，我一定会是霞光万丈的未来。

你知道，长途跋涉的心会更懂得去热爱苦难与厄运。

你知道，无论是我生前，还是死后。

那无比深刻的喜悦与悲痛，使我所有的岁月，一片祥宁。

真女子不哭泣　　2014.3.18

有的时候，情绪会很低，低至不哭、不笑、不闹，安静如常。

在生活这条路上，在平凡如斯的日月里，读过好些书的女子，总是暗暗吃好些亏。因为懂得克制和隐忍都是美德；因为知道大声喧嚷所导致的后果，会令自己也瞧不起自己。内心的风度，无与伦比地尊贵。

于是，该得到的已失去的，通通不在话下，一切，都由自己亲手挣得，不必留恋。

可是，坚守与奋斗的苦楚，除了自己晓得，连枕边人都未必通晓三分。要命的女子，认为在最亲密的爱人面前，也应有最起码最细微的不为人觉察的自尊。

有时媚若苏妲己，可惜妲己无心，此类女子却真情至性，双手奉上自己一片赤子之心，假以他人有机可乘，累累心伤。

有什么要紧？仍然觉得一切均靠自己双手努力，曾经犯过的

一〇一四年

错误不会再犯，自己本身的优点一定会在来日里发挥至光芒万丈。

多么顽强而又坚定的女子。

只是这是怎么样一个世界？水样女子不落泪。

轻舟已过万重山　　　2014.3.19

他说，让我照顾你。这个世界上，唯有我懂你，请你一定等我。

她说，来我身边，照顾我，我需要你。爱的最佳形式，是陪伴。

她的倔强与执拗，她目不斜视，心无旁骛。等，望。抗争，抗争，血淋淋的现代心灵惨剧。无惧无悔。

他缥缈的影子，缥缈的心，缥缈的状态。她洞察其中。要求自己，既然体察，一定体谅。因为付出，希得回报。难得有情人。

直至，他的手，牵握另一个女子的手，在眼前。

直至，他的眼，凝望另一女子的脸庞，在眼前。

直至，他的手，又圈过另一女子的肩，在眼前。

凝固，疼痛，麻木。

直面，需一种巨大的勇气。

所幸，犯错只需改过，无须纳命。情海亦无涯。

只是谁说时间是治愈伤口的良方？夜以继日，伤口凸显，狰狞不可挡。

而她说，一定要漂亮，一定要可喜可贺的将来。否则，对不起自己千疮百孔的心。那就勤心勤力，从心开始。如此这般，不消三百六十五个日与夜，一定是，轻舟已过万重山。

人生始终有望。

责任和责任 　　2014.4.3

　　一直觉得，只需承担两种基本责任，一是授我发肤的父母，一是我授之发肤的女儿。除此，我无须向这世界任何一个人负任何必需的责任。有时觉得艰难困苦至无法支撑，丧失自我。或者为背负这两种责任，我已竭尽全力而不得要领。

　　一个朋友说，我们被动来到这个世界，被要求健康成长，被要求优秀，被要求孝顺父母，被要求为社会为家庭做出贡献，我们的孩子也是一样，他不是主动选择来到人世间，我们生养他，要求他。我不敢跟我的父母这样说，但我的心里实在是这样想的。

　　我的想法是不一样的。我觉得，我被来到这个世界，我受尽太多生活的苦难，我被迫照顾他人，放弃自己。可是，因着这一在人世间的降临，我除却这许许多多恼人的累人的承担，我获得许许多多爱与温暖的一路陪伴，即使不是永恒，却是与伤心和重荷相伴相生的。为着这许许多多的泪水和欢笑，许许多多的汗水与快乐，我肯定前一份责任的值得，后一份责任的其所。

　　责任和责任，从我们出生，到我们逝去，一直存在。而这过程中的太多，尤其值得我们珍惜，因为不是与生俱来的，时来时走的，教会我们且行且珍惜，当我有机会坐在你面前，一盏清茶的苦涩与温韧，跟你娓娓道来我的一切，我不会管这世界是用怎样的目光揣度我的坚贞与执念，因为这是我自己对自己的责任。

二〇一四年

257

豆 子　　2014.4.11

　　这一段时间天天熬夜，早上自然起不来送豆子上学，有时豆子自己坐公交车，有时外婆送，有时也骑车上学。豆子开朗疏爽，从不曾云云她的父母并不够十分尽责。常常看见豆子欢欣的样子，我已觉得人生成果丰硕。

　　今天早上，我仍然在熟睡。门却被推开，是豆子。豆子说：妈妈，我今天穿了两件衣服，你也要穿两件，因为下雨了，要不然会着凉的。呀，七点十五分了，我得走了啊！

　　我慢慢从梦意中还过神来，听到窗外雨棚上滴水的声音。是下雨了，是宝贝豆子提醒妈妈不要着凉。我坐起身，愣神，心里酸涩又温暖。不是应该做妈妈的关注天气，提醒子女添衣置伞吗？我关注自身成长，我爱我自己。我的爱心与我的时间都不够用，我对豆子不够一个母亲该有的细致。

　　可是豆子，正可心可意地成长，狡黠又懂事的样子。

　　常常像个泥猴子，满头满脸满衣都是脏兮兮的，可是又实在喜欢漂亮的衣裳。就穿着漂亮的衣服那么脏兮兮地快乐着，我实在不忍心要求她干净整洁并责罚她，只能暗暗叹气，快乐的孩子总比父母的面子重要得多，随她去吧。

　　这只泥猴子，在外人面前，却是十分谦逊有礼有分寸，总是：妈妈，我可以……吗？斯文有节制的样子。懂得尊重别人的劳动与工作，懂得因人而异说得体又俏皮的话儿，真诚也妥帖。

　　豆子却不是顶拔尖成绩的学生，六年级了，字架并不稳定，字体也不够整洁漂亮，豆子的爸爸常常会责难于我，不倾力于豆子的学习，我觉得这一点不重要，豆子不讨厌学习，学习不甚用功却不吃力，还要怎么样呢？学习这条路上，她还有

258

很艰苦的路在后面，多快乐一天总是好的吧。

豆子分明是个澄澈的孩子。她说，我的妈妈不仅供我学习生活，她还教导我做一个好人，努力勤奋的人，不贪图吃喝玩乐的人。

这个快乐又美丽的小少女。

三 天　　2014.4.24

如果昨天是一种迷惑，明天是一种奢望，至少让我今天，活得清澈。

承担与突破，是生活与思想中努力的方向。道路长且苦，我害怕突然跌在现实的山坡，无意枯荣。而我这么久的沉默与隐忍，两相空。

晚上睡觉会做梦，梦里有多年前在某个单位里特别擅长谩骂的一个女人，一次又一次。青天白日里，我疑惑，为什么总是这样的梦？我似乎特别懂得自己内心的压力。这么多年，怀揣一颗赤子之心，背负一身屈枉勉力前行。我渴望能生长出一种本领，就是谩骂，这是一种最原始的却最有效的本领，许多时候，能够让人的情绪淋漓尽致，且不用承担任何责任。多么泼辣的语句，都会因为当事人的情绪而获得谅解与宽宥。这种本领，让我做梦都想有。

但求耕耘，不问收获的姿态，从来只能是自己心灵的抚慰剂，鼓励我自己在黑色的白天，仰望皎洁的月光。

如果人生只有三天，我愿意只有今天。

初 夏 　2014.5.7

最玲珑剔透的居然是豆子，聪明面孔水晶肚肠。清脆在我耳边：妈妈，其实你是一个特别安静的人。我讶于这样直抵真相的评论出自豆子之口，这个妮子向来缺心少肺。我斜睨她：你怎么知道？妈妈明明成天热热闹闹的样子。豆子并不含糊：那是你做事情嘛，多数时候，不做事的时候，你习惯一个人，别人都不好打扰。

我居然有一种知遇的感觉，跟我的小豆子。

有时候，我们无法为自己正名的时候，会选择躲闪。当极大的快乐与欢愉都停留在昨天的时候，我们都不大有勇气面对去了又来的馥郁的季节。每一个最真实的良辰美景，每一件最普通的赏心乐事，通通能让我们心生惆怅而郁郁寡欢。我们宁愿孤清，因为永恒的失去。

初夏好时节，并不喜欢一个人走路。怕沾染。星空闪耀，月色朗朗，香樟沁肺，只是独独不闻，最醉心的气息。当然是不肯流于俗世，最好的已经倾囊相赠，即使得不到，亦应守得住。蝉曳残声势必应过别枝？不不。从来，文穷而后工。人的际遇，常常会因死地而后生尽显光芒。

世界苍茫，任何一种懂得都值得珍惜，应以一种有血有泪之后的灿烂来回报别人的谅解和悦纳。

特殊的日子 　2014.5.19

当两个人相爱的时候，每一天都是特殊的日子。

那一种喜悦与美妙，当是从一睁开眼睛就开始的。意识尚未从晨曦中完全清醒，想想一个新的有希望的日子就在眼前，

我把春天还给你

连起床的速度都会变得尤为敏捷。

两个人之间，太多值得庆祝值得倾诉的时光。

表白的日子，在一起的日子，中西情人节，各式各样奇怪的纪念日，通通可以花心思思量，愈显情爱生活可爱动人。

那样一句歌词：把每天当成是世界末日来相爱。

是不是会让人倦极而怠？

男孩子喜欢女孩子的时候，多数是积极勤奋的。我们一起吃饭吧，我们一起去玩吧，我们一起……

男孩子是主动且真诚的。

女孩子也不是闲着没事干的，有自己的忙，有自己独立且美丽的世界。可是为着一份宠溺、为着一份包容、为着一份渴望已久的温柔，有什么是不可以放下的？女孩子折翅反落。直至，男孩子的心房渐渐异样：这个女孩怎么已经不会飞翔？

女孩子犹然不觉，滋滋喜悦：今天是……我们一起吃饭？或者直接摸上门去：看，我给你带什么来了？

可是从前的欢欣呢？男孩子讷讷：额，我还有事，很重要的。

女孩子若稍稍不满或是质疑，那一定是不讲道理。殊不知，很重要的事，也许是要将一场电子游戏玩结束，也许是要上桌打几圈扑克。

女孩子若觉委屈：爱吗？还爱吗？

男孩子一定觉得惊异无比：怎么把问题上升到这个高度？

女孩子会提高音量：可是今天是纪念日啊！

男孩子一定会答：我们之间不用这样吧？都这么久了，谁还在乎？

是啊，谁还在乎。

一定是在爱着的那一个，对爱情抱有希望的那一个。

男孩男人，女孩女人，皆不能免俗。

谁若认为情天可补，谁就输了老远一截。

自己的幸福　　2014.6.3

一定会有自己的幸福。

等到那一天，爸爸妈妈都已经有所养、有所居、有所医。

这么多年，从来没有停止过的脚步与汗水。

等到那一天，豆子已经是象牙塔里的公主，有傍身的真正的本领，有瑰丽的梦想与自由。

十八年的画地为牢。

总有一天，我自己的微小却真切的幸福，我是我自己的主人。

请原谅我，将会选择的素朴至死的生活。

只有大自然，读书习字，温暖与宁静。

等到那一天，我会不会说，来，来我的身边，一起过这碧草齐天的生活。都不重要，胸中千壑，足以抚平每一个过往的沧桑，填满每一个未来的空白。

我只要，小小的，自己的，三百六十五日。

嗨，宝贝　　2014.6.9

嗨，宝贝！

今天，妈妈很羞羞，就是因为你这个大尾巴妞。

就是你，非要买亲子装，我们俩，衣服一模一样大小。

商量好一起穿，可是你这个大骗子，你穿了一个早上，就脱下来，整整齐齐放在沙发上。妈妈呢？随手拿着你穿过的以为是我的就套上身。

姑娘，这一天，羞煞妈妈了。你听，你听：

呀，童老师，你早上吃什么啦？你这衣服?!

呀，童老师，你咋这么龙现（方言，即邋遢的意思）？你看你这衣服前面？

啊呀，童老师，我看你哪配穿白衣服？你瞧你这衣服前面?!

姑娘啊姑娘。

这件白白的T恤，领口处星星点点，莫非是你早餐打出了喷嚏？莫非是你碗里溅出的汤汁？

姑娘啊姑娘，你觉察它脏兮兮的了是不是？

你放到卫生间洗衣处好不好？而不是放干净衣服的沙发凳？

妈妈这一天，面对很多人，逮着嘴巴笑。

而我一直跟你说，要干净、整洁、清新、自然。

而我这丢大发了的笑脸……

不如去跳舞　　　2014.6.17

暗夜芬芳，星空闪耀。

时光如流水，一去不复返。

不如去跳舞。

泪痕难干，湿又湿。

不如去跳舞。

我知道有一支圆舞曲，有一辈子那么长，一辈子啊，中间要不停地更换舞伴，快步慢步都可以，只要能化解心上翳痛，只专注流光溢彩的当下。圆舞没有终点，永远充满希望，因为只要一直跳下去，总归会遇见最初最愿意的舞伴，又永远无须退场。

这种温润喜庆的人生，我宁愿跳舞。

苦　夏　　2014.6.20

不知道我一个人的时候，总是在干什么，这将近十个月投闲置散的生活。

看书是一定的，但是并不是愉悦地。我努力让自己感觉生活有着其真实而明显的意义与价值，努力为自己构建可见且可能的美好将来。我有意忽略当下真实状态投射给我自己内心的堪忧与无助。没有人懂得我对这种虚耗的生活其实充满焦虑，我需要充满张力且迫不及待的生命感受。而我的静默、微笑，给世界一种错觉，那就是，我很好，我无须挂齿。

作为一个孤绝的个体，我需要一种体谅与提携。

有时候，久久地坐着，看掌纹，犹如看自己斑驳无序的内心。不愿意交谈，不愿意倾诉，不愿意投身于内心之外的无谓。

一直没有遇见一个人，拯救自己出生活的苦海，不得不勉力自渡。总不能为了生活，沦落自己高贵的心，酿成无法原宥的可耻现实。晨昏无定，原本清朗的世界，吸进只有自己懂得的微微的苦涩。

知遇之恩，已属难得，怎么能期待更多的承担？几度虽闻弦歌空知雅意，实实在在逼人的，是需要——对付的生活细碎。

而这种细碎，只有以家的姿态去拥抱，才能坦然消弭于无形。

如果你也懂得。

或许只是，人生不满百，常怀千岁忧。

我们可以聊会天吗？ 2014.6.22

宝贝，我们可以聊会天吗？

为了今天咱们的这次聊天，妈妈准备了很久，想了很长一段时间。

我想，这将是我们之间第一次较为正式的聊天。

很长时间以来，我只是关注、引导、纵容你在整个童年时代的种种。只要你快乐，只要你健康。聪慧如你，一直是妈妈辛苦奔波的生活里最大的甜蜜。我不愿在你的心上，早早播散俗世辛苦的种子。

前天晚上，妈妈十点多回家，你坐在沙发上看电视，已经洗过澡，可是没有洗头。这么热的天，你在外面疯了一天。我让你去洗头，你去了，洗了，并不高兴。我替你擦头发：宝贝，许多事情你自己明明知道应该去做的，但是你选择不做，或是在很不开心的情况下做了。这个样子多不好？宝贝，你是听得进去话的孩子，你牵牵嘴角想对我笑。

昨天晚上十一点多，我淡淡跟你说，我很苦恼。你问为什么，我说，看你经常看这种娱乐性的电视，忘乎所以，不眠不休，我觉得你快乐得要命，我感染你的快乐，陪着你快乐，我很欣慰。可是宝贝，这样的习惯与爱好，会让你在将来的几年，逐渐失去你在群体中应有的位置，进而丧失你在中学生这个群体里应有的自信。因为在慢慢长大的几年里，你的聪慧与开朗、懂事与大方，将不再是在群体中成为衡量你、认可你的标尺。我很苦恼，是支持你这样的简单与快乐，还是制止你长

二〇一四年

265

时间看这种娱乐性节目？宝贝，明慧如你，马上跟我说，妈妈，我这就关掉电视。

宝贝，这两件事的试探。让我相信，我可以把你当成公主大人，进行对话。你是我的公主，即将是一个大人儿。

而从今天起，我将是一个对你有着普通要求的妈妈。

宝贝，我希望你快乐，这一生。

一直，我并不懂得怎样教导一个孩子，因为妈妈常常觉得自己也是一个孩子，我蹲下身子，跟宝贝你一样的童真，你有的，妈妈也要，你没有的，妈妈也要，妈妈怕宠坏你，所以你的许多，我都要分享，我想，这样才会教会你学会乐于分享，教会你人生不如意十之八九，教会你这个世界，并不是要风得风要雨得雨，所以，要学会忍耐，学会等待，学会坚持。

宝贝，你很棒。你慷慨大气，并未养成欲取非予的恶习，这在同龄人当中很难得。妈妈常常一个人暗自骄傲，为你的美德。

还是希望你快乐。

从来，不对你的学习做出要求，觉得有学习的能力，这将是终身的一件大事，并不急于在幼年起就让你一直努力做个三好学生。然后从走出大学校园起，就不再是一个读书的人。宝贝，学习不仅仅是考试科目的学习，这在你的一生中，仅仅占很少的一部分，真正的学习，是从你年幼起就开始慢慢习得的，除了课本必需的知识外，人情练达，世事洞明。人情练达是妈妈对你的希望，世事洞明才是妈妈对你真正的要求。那么不是课本知识可以马马虎虎，从前妈妈从来没有做出的要求，今天，第一次提出。

我常常问你，宝贝，你的职业是什么？你晓得答，是学生。是的宝贝，现阶段，你的职业是学习，这个学习是狭义的，是先学习课本知识，通过考试检测你的学习效果。宝贝，这种考试，在你接下来六年的职业生涯里，频繁而无奈。宝贝，妈妈很遗憾，不能让你脱离这种大多数人都不乐意的职业生涯。但是宝贝，这种职业，非得有不错的分数，才能在那样的泱泱大国里，获得心灵与精神双重的欢乐。否则，你将承受来自考试大国里巨大的压力而无法轻松快乐。

这六年，让妈妈陪你过。学海无涯，苦作舟。这一叶苦舟，因为有你有我，会收获无限广阔风景。

只是为了让你能真正快乐。

你一定会问我：妈妈，是不是一定要成绩好？

当然不是。

宝贝，这个世界上有很多很多幸福的人，并没有接受过良好的教育，更有许许多多接受过高等教育的人，并不幸福。

宝贝，一分耕耘一分收获。在学习这条路上，你付出多少，得到多少，并无捷径可走。但是，当你付出百分之五十的努力，请泰然接受百分之五十的成绩。还有百分之五十的努力，你一定投入在其他你认为比学习更值得你投入的事情上去，宝贝，只要你觉得快乐，并且，能够接受只花百分之五十的精力去学习而得来的结果，请相信妈妈，我一定不会怪你。但是，你一定不能希求，我只努力五十分，却想获得一百分。得不到，就不快乐，甚而抱怨。宝贝，请记住，不劳而获不是一种荣耀，而是一种耻辱。

宝贝，这样的谈话，我们不会经常进行。但是，我会对照以上谈话内容，在你平时许多个案情绪或者事件发生时，适当提点与提示。这种提点与提示，会有异于此前十年我同你的对

话方式。于我，会略显认真一点，但会更宽和谨慎一点。于你，可能觉得更加严厉一点。

教学相长。宝贝，我也一样需要你的提点与鼓励。

不 再　　2014.6.26

什么时候，你开始不再。

不再第一时间告诉他，你的歌你的梦。当你泪当你累，你不再向他倾诉。不再说，你很孤独，你的静默。你像个大人般没什么大不了，而你的内心，孩子一样害怕没人陪。

在长时间的空茫里，你安静成六月的初莲，亭亭的样子，有些甜美，有些清凉。谁都知晓，莲子自苦。谁都不能，亲尝其苦而甘之如饴。

天黑了，因为磅礴的雨。你仍然一个人，不再说，怕与渴念。心灵与肌肤双重的感受。季节的疾风骤雨，夹杂进季节之外的凉。你拉紧自己的衣襟，低低对自己叮嘱：慢慢学着爱自己。

一眶一眶的眼泪，滴落在心底。不再说，你心里很难过，需要陪。不再说，你不想扛生活的重负。你倔强成一个高贵的王，在如梭的尘世间，做出你高贵的选择，绝不臣服。即使一切尽失，仍然选择傲岸。走，仍然是一个人走。无论是了却尘间事，还是踏向无涯的未知。

那么多低微的小小的念，无奈地服输。

如果不能骄傲地活着，我宁愿死去。

自由与回忆　　2014.7.11

我愿意，把我余生的时光，置放在一片空茫之中，没有目的，没有爱，没有希望。只余，自由与回忆。

吃饭的时候吃饭，睡觉的时候睡觉，旅游的时候旅游，不需要表达，不需要获得认同，不需要。

生命这么短，我如何向你要一个永恒。

自由的回忆里，每一天，回忆相同的快乐，如同，快乐日日前来。

回忆的自由里，我仍然是那个掌心里的人，忧伤然而活泼。

生命这一条长廊，尽头仍然一样，快乐与苦痛相生。

这前一半生命，欢愉尽得，苦痛尽尝。

余生，我愿意只得无尽空茫，无尽回忆，无尽美丽的自由，无尽的静。

世界仍然绚烂。

黄昏依然　　2014.8.4

日近黄昏，我不想说寂寞，我想是美好的空茫。

心里翻滚的，是如烟如梦的往事，是一触即下的眼泪，是一仰头一低眉间的倔强，是回忆里无限的依依与风情。

一个人，安静地坐着。一个小时，两个小时，半天。我的微笑也和着眼泪。还有很久很久的以后，这条人生路，该怎么走下去。

这半生，渴求爱，还有陪伴。这是一个孤单的孩子，拥有一颗孤单的心灵。这个孩子，从头至尾，盈盈笑语。 只是内

269

心的缺口，对于安全，对于温暖，对于生活的稳定，对于角色的承担。可是这个孩子，清朗僵硬孤绝，不肯妥协。

样子消瘦。

平生欢，执手相看，并无泪眼迷离。

世人往来如梭，底色仓惶，像熏坏了的肺叶。

也许，最努力，做一个计较的人。不可无谓，才能看见希望。否则，所有得来，那般无味。

最渴望的，永远沉在过去，永不醒来。只有春天弥散的香樟，会在夜里，喁喁私语。一场情事曾如歌。

请容许我　　2014.8.21

请容许我，这样的日子，无日无夜。

窗帘是深色的，不见光的昏暗的空间。世界与我何尤，我只是一只书虫。没有迫不及待的事情等我去做，要做的事情自己有心无力。我将自己深锁，静静等待结束与开始。

从前英明神武的样子，大抵是丢进了行囊中。我似乎丧失所有站在大太阳底下的骨气与力量。这十来二十平方米的房间，我清醒地过每一分钟每一小时。扎粗粗的麻花辫子，斜搭在胸前，古朴得有些美丽。

时时有声音传来，离开床，出来，吃东西，走走。

我懂得的，饿了该吃，困了该睡。

凌晨三点，四点，我异常清醒的身体。怎么眠？书中自有颜如玉。

并不孤单，亦不寂寞。

心，不乏阳光，不乏希望。只是这晨昏，不再是明晰而具体的一日三餐和八小时以内的睡眠。我将自己定格在阅读思考与沉默中，我知道，这样的时光，是一种难得与放纵。我尚能自主自己的生活，这种自由让我由衷骄傲。连豆子也已懂得，给我绝对的安静，她懂我眼神里对她的制止：不扰我。

有一个美丽的新世界，在我的心里。

请容许我，这样不见天日，将自己深锁。因为隔着深深浅浅岁月的伤痕，因为内心深处那一个美丽的新世界，我不寂寥。

红　豆　　2014.8.25

没有什么能够永垂不朽，如果你也爱听《红豆》。

这个夏季接近尾声的时候，我还在懵懵懂懂的茫然中，这个夏天，已经来过？我甚至没有一个时候，像往年夏天的许多时候，热得像一只哈巴狗，只余喘气的心思。而我，已欣闻桂子香。

有太多的时间，没有了推手，思想上与心灵上。一个人，走，许多路，想，许多事。把自己与许多过往活生生地剥离，把自己置于更加广阔与未知的未来，让希望去暗淡昨天的失望。

久蕴于心底的缠绵，是一种伤口，因为还没好好地感受。

无奈往前，是一种坚毅的自救。

粗心大意的妈妈，突然细细盯着我惊愕：你最近怎么啦？瘦成这个样子？

我低低应付：衣服显瘦。

沈约瘦腰亦风流，而我这一颗妇人的心，何曾风流？其实不胜衣。

这一生，情愿为谁画地为牢，我在牢里慢慢变老，眉间心上，却是你的好。

271

风景已透，等待一场细水长流的岁月，即使只能守着相思的哀愁。

看《临时同居》有感 2014.8.26

临时同居的人最终过上好日子。

好日子，是指有爱有家的日子，即使是失去"无双台"这样市值3000万的梦幻豪宅。

自由最正点。

有些人爱一个人，打算用尽一生的时间去等待和坚守，因为相信就算是婚姻中有红灯也会转瞬即逝。爱去爱会再来，我永远在原地等你。

有些人爱一个人，如果你不能回报我全部的爱，即使银牙紧咬，我也不会让你获得重新再爱的自由。我的青春给了你，我无从回头。耗尽，也让我们一起耗。

有些人爱一个人，让我照顾好自己的心，纵然岁月可待，情已杳杳。放弃是最好的成全，成全你的心变情易，也成全自己的新天新地。花开花谢，是最最自然的规律。感情亦然。

荣妃马佳氏对康熙说，我渴望有个家。康熙悠悠出口：唔？你不是在宫里吗？然后沉沉睡去。

我们到底要什么？如何遵从自己的内心？你的庙堂我的江湖。如果，天许人痴狂，我也会有我的好日子。

爱情没有开关 2014.8.27

天一直阴，许多天。

江南也有盛夏，盛夏去了还有秋老虎，可以晒得人皮肤冒

272

油眼发黑。可是这个夏季不，启而不发的状态。

就像一个人，清清脆脆的很长时间。突然沉寂，默然不语，不问不说不揣度。揣着糊涂装明白，难得糊涂。

公园里没来得及干就湿了的石凳，这个季节的忧伤。

如果这江南，季节的开关被上帝关掉，没有了明晰的四季，没有可以预测的天气。这江南，还这般可爱，让人期待，让人思索不能期然而至的阳光与燥热吗？

上帝只是调皮了。也许，一切仍会若从前，蝉鸣与暴烈的骄阳。我们不会错过任何一个季节的悸动。

季节的悸动，糅合我们一颗关于爱的初心，世界这样绚烂。

只是爱情，是没有开关的。我们不能在想爱的时候多爱一些，不想爱的时候少爱一些，或者就不爱。我们欺骗整个世界，也不能欺骗自己的心。我们知道，爱与不爱。

生活在路上，承转启合。

可是我们没有爱情的开关，我们深受其苦。

仍然是路上笑颜如花的人。

最好的爱　　2014.9.1

最好的爱，是陪伴。

从什么时候起，我开始明白，所有的执著，所有的汗水，所有的奔赴，不过是等待一种永恒的爱的陪伴。这种等待与渴望，从幼时一直到少年，直至我整个青年时代。

一种缺失无疑伴随着随之而来的渴望。

直到，豆子成为我掌心里的宝。我想给她最好的爱，那就是，赋予她自由并陪伴她与此同时的童年时代。

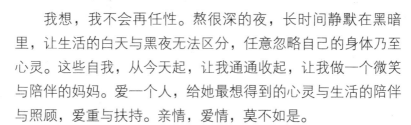

我想，我不会再任性。熬很深的夜，长时间静默在黑暗里，让生活的白天与黑夜无法区分，任意忽略自己的身体乃至心灵。这些自我，从今天起，让我通通收起，让我做一个微笑与陪伴的妈妈。爱一个人，给她最想得到的心灵与生活的陪伴与照顾，爱重与扶持。亲情，爱情，莫不如是。

不能让爱，成为一场枉谈。

不平则鸣　　2014.9.1

常常，我更加容易理解与接受女性身上的一些瑕疵，譬如啰唆，譬如善妒，譬如自命不凡，譬如小气。不管是居家的还是职业的，这些性格，略显逼仄，但由于女性骨头里的不彻底性，就是蛮横也不彻底，有时很可爱。她们无以伤害社会，却可以让生活更显五光十色。

可是总是有太多令人失望的现代男士。

即便是慷慨的男士，已属难得，何况是心胸气度与能力。

我们最好都是十项全能的金牌女神。你要打天下，你自管去打，但一定不要忘记有福同享有难己担。再说，三餐有继，实在不必过多驰骋前程沙场。到底意欲何为？还有，你拼死力打下的江山一定是你的功劳吗？谁说其中没有猫腻没有投机？况且即使风光人前，你有稳定的家庭与感情吗？这样凶巴巴地雄踞职场，叫这些个男士情何以堪？自尊与成就感，用在男士身上就够了。

是女人惯坏了男人？还是男人却不遗余力伤害女人？

好端端在世为人的样子，一定要在社会上争一席之地，共同承担家庭分担家用。咄，谁肯帮你孕育子女甚而体恤由此而产生的无穷无尽的烦忧？

秋　怀　　2014.9.5

闭上眼睛，假装是用双手蒙上自己的心。

就当从来都没有过的，年华冉冉，风物萧萧。

怎么也无法安眠的初浅的夜，我宁静冷冽的内心与叹息。谁在追逐，谁在放逐。也许我需要一个肩膀给我哭，却不是因为爱。在恒久的爱恋面前，我克制隐忍，眼泪也不是伤心。

如果真有抵死不放的风月，有永志不忘的深情。

我常常想，是什么样的死伤，让一个温柔明快脆言脆语的女子，从此心水叠埋，不肯露一字之嫌。一定是无数次希望与失望的交缠，一定是最沉痛的醒悟之后。

乍起的秋风，叠皱的心纹。

辗转入梦复又醒，灯光暗转，你在何方。

伸手可触的，只是一夜雾色。而清晰如许，是梧桐斑驳的秋阳，是香樟弥散的春雨，是雪泥上梦和梦的片段。

连同夏荷田田，齐齐埋葬。

美丽不可方物，原是要历经多少泪水和哀愁，多少季节交替中风雨的侵蚀，多少翳痛之后扬起的向日葵般的笑脸，纵然肩如刀削腰若素，斯人长憔悴。

一生有你　　2014.9.8

因为梦见你离开，我在哭泣中醒来。

不要离开，不要伤害，在这下雨的时候。

我的心，沉在哭泣的梦里，无法回转，花好月圆的日子。

豆子的爸爸声声询：梦里哭叫，为什么？呼唤谁？不要离开你？是的，我在呼唤谁？我在思念谁？月儿圆，虫儿飞。

275

这样斑杂的梦，怎样演绎我乱驳的心？

这一生，到底什么时候才是渴望的尽头？苦苦追寻中，我们要错过多少永志不忘的朗朗夜色？我闪耀如星的眼，你欢喜纵容的脸？美好的，为什么不能必然长久？

内心的缺失，几时才能填满。

很长时间，艰苦地克服，克服一种源自灵魂深处的孤独感，无法用生活琐屑相抵的孤独感。万丈红尘里，夜半梦魂中，滚滚人潮里，霓虹闪烁里，无所遁形的内心的孤独。宁愿一个人走入孤绝，也不让自己姑息，冷傲常驻这颗倔强而又冷落的心。

可是心上翳痛，在无数个瞬间袭来，白天黑夜，我最想要的安全与陪伴，在几万个距离之外，只能照顾自己手中的因缘际会。而我活在云天外。

你一定以为，我是最不用担心的牵挂。因为我安静微笑倔强的样子，因为我随时准备静静离场潇洒的嘴角，因为我从来不肯妥协的姿态。

可是亲爱的，我在梦里哭，我对着镜子哭。

周蕊和三毛的爱情故事 2014.9.9

周蕊是唐文森分分合合的婚外情人。

三毛是荷西美丽的妻子。

唐文森死了，冠心病，突发，四十岁。

荷西死了，潜水意外，三十岁。

在最旺盛的时候，生命与感情。

唐文森送给周蕊一幢房子，分手的时候，周蕊卖了房子，将支票还给唐文森，唐文森至死也没有去兑现那张支票。

荷西的葬礼上，三毛用双手挖掘墓园的泥土，泪如血涌。而三毛匆奔停尸间认尸时，荷西冰冷的尸体突然七窍流血。他用眼、鼻、耳、口滚冒出来的鲜血尽向爱妻进行最后一次无言的倾吐。

唐文森的妻子将亡夫钱包里的支票兑现了，并找到周蕊：我跟他十八年了，我们是初恋情人。他是爱过我的，他已经不爱我了，他要跟我离婚，都是因为你！你脱光衣服，你脱光了，我就把那二百八十万还给你！我丈夫也不过是贪恋你的身材！他想发泄罢了，他始终是个男人。

荷西死后，三毛的人生成为一个句点。从此人生到底，往来如梭，永分携。

而周蕊说：我不会要你的钱，你让我知道森是爱我的，他真的打算和我厮守终身，他没有骗我。如果他还活着，我愿意为他蹉跎一生。

周蕊和唐文森是故事里的人；三毛和荷西不是。

要么忠于感情，要么忠于婚姻，是让爱情以一种方式永生。

我爱的是你爱我　　　　2014.9.12

并非所有的爱情从一开始就那么汹涌那么澎湃。

也许根本是情海无波的时候，可是那样一个人，携着一颗赤子之心，来到你身旁，渗透，浸染，继而席卷。那是怎样一种无边的爱恋呢？就是我要用我所有可能的时间，跟你相守，我要看着你，我要抱着你，让我们一起，朝风暮雨，完成这余生尘梦，永不分离。

可是亲爱的姑娘，当你将你的一切倾囊相赠。时光，容

颜，悲喜，选择。你深深明白，我爱上你爱上我，你从此万劫不复的心灵、生活与前程。

而你故事里的那个人，难以为继的深情。

亲爱的姑娘，你倔强的清傲的影。

他说，我依然爱你如初。或者，甚如。我会一生把你放在梦里头。

亲爱的姑娘，你纵然颤抖沉默的心，也是包含千言万语：说好的相守，怎么等同于深藏。

从此分携如昨，分手是最最绝望的挽留。

我爱的是你爱我，你不再爱我，而我在哪里？

终天永痛。

爱无瑕　　　2014.9.23

空气里的欣润，让我觉得宁静舒展。有一些新的希冀与等待，在初凉的空气里，在我的心里。无法完成生命的飞越，那么，让我学会等待，仍然用一颗赤子之心，用无价的微笑与温柔的耐心。

陪伴我心灵良性成长的，是越来越可心的豆子。许多时候，当我面对豆子的时候，虽然内心无法湮没的苍茫，但我微微笑。因为豆子会时时鼓励我：妈妈，我爱你。妈妈，你真了不起。谢谢妈妈。在爱的世界里，我们需要亲吻和拥抱，绵延不绝的爱意浸染。

生活里，已经有那么多的退让和妥协。

如果再不能以恰当的方式，去爱一个正当时的人，当我们以为懂得爱的时候。

我们的父母，我们的孩子，我们的爱人。

278

一张尘网，断送太多人的清风明月。

悠悠几十年，谁能真正明了，天之大，唯有爱无瑕。

劫缘不问　　2014.10.8

所有的遇见，都是我的等待，不论是劫是缘。

——自己的话

还没有认真踏过一个夜色，没有好好闻过桂子浓香，芦苇荡起，狗尾巴草的情怀在秋风中摇曳。岁月不老，斯人已去。

明明平静而喜悦的心里，却揉进一种无可救赎的哀伤。眼睁睁地看着你，却无能为力。

是什么样陈年的伤，让一个人，退了又退，让了又让？爱，温暖，陪伴，希望。

过惯了一个人的日子，因为无所倚赖，是的，倚赖。

常常想起一个故事，一个因为一碗皮蛋瘦肉粥里少了肉，和店主吵了起来而大哭的中年女子。为什么哭？女子说：我哭的是，为什么到了我这个岁数，还会为了一碗12块钱的粥里少了肉和别人计较？这是什么样的日子？根本不是我想要的。

看了我就会哭，我过的是什么日子？我想要过什么样的日子？当我从懵懂无措的年龄，走到现在稳健踏实的模样。我知道我想要的是什么，我想做那个骗人的童话里的公主，不同的是，我会是能洗衣做饭的公主。可是别让我扛生活的负荷，我会倦，是的，是倦，不是累。

缺乏能力与缺乏欲望，我知道我缺的是什么。

在善的世界里，有时候会好孤独。

可是清晨的朝阳里，面向太阳的方向，微微笑。内心会升

二〇一四年

腾起一种笃定的希望，前方的前方，是我一直努力的方向。长途跋涉的人生路，有时会让我苦不堪言，但是这所有的遇见，以一种独一无二的纷呈，绚烂我一路的孤单。所有的等待，不再是等待。

劫缘不问。

我把春天还给你